「お嫁に来ちゃう？」と誘われましたが、求婚してきたのは夫じゃありませんっ⁉

★

ルネッタⓁブックス

CONTENTS

プロローグ

午後四時五十七分。居酒屋『鳥丸（とりまる）』のオープンまで、あと三分。

理生（りお）が扉を開くと、外の空気はむっとしていた。

梅雨が始まる前だというのに、すでに身体に絡みついてくるみたいな暑さだ。夏の猛暑が早くも心配になってくる。

「看板出した？」

「今出してる！」

奥から叫（さけ）ぶ母にそう返しておいて、筆文字風のフォントでメニューが印刷された看板を外に出す。

続いて出したのは黒板。鳥丸特製唐揚げは、大人気商品。白いチョークで「今日はシソ味も追加」と書く。

駅から徒歩七分。一番にぎわっているメイン通りからは少し離れているが、この店の中心客は近隣で働く会社員と住民だ。

　午後五時の開店と同時に、店内は常連客で埋まり始めた。

「理生ちゃん、もう店開いた？」

「どうぞ。いつもの席空いてますよ」

　真っ先に入ってくるのは、週に二度、仕事の帰りにこの店で夕食を済ませていく田中（たなか）だ。開店した頃からの常連客。結婚しているというが、家族を連れてこの店に来たことはない。

「悪いね」

「いえいえ。どうぞ」

「ビールね。あと、枝豆。帰りにお土産も頼んでいいかな？　鶏の唐揚げ。うちの奥さんも好きなんだよね」

「はーい」

　手元の端末を操作し、相手の注文を繰り返す。ポテトサラダが追加になったところで、厨房にオーダーを通した。

「少々お待ちください！」

　にっこりと笑って、いったん裏に引っ込む。

　引っ込んだ時には、母がポテトサラダと枝豆をトレイに載せているところだった。

理生はビールサーバーに近づき、ジョッキにビールを注ぐ。慣れないうちは泡が立たなかったり、半分以上泡にしてしまったりしていたが、今ではすっかり慣れたものだ。

「お待たせいたしました――いらっしゃいませ！」

ビールと注文された料理をテーブルに置いたところで、また入り口の扉が開く。

カウンターとテーブル席を合わせて、三十席にも満たない店は、あっという間に満席になった。

それから三時間半。店内の雰囲気がまったりとし始めた頃、新しい客が来店した。

「理生ちゃん、ごめん、小上がり取っといてくれた？」

「三橋さん、お久しぶりですね！　予約できてますよ、どうぞ」

新たに入ってきたのは、やはりオープン当時から通ってくれている常連の三橋だった。年齢は六十代後半だろうか。

祖父の代から通っていて、今は店主となっている父のこともずいぶん可愛がってくれていたらしい。時々ふらりとやってきては、ビールと唐揚げを堪能していく。

けっこうな大企業のお偉いさんらしいという話は聞いているが、偉ぶったところのない人で、理生からすると「常連の優しいおじ様」というイメージだ。

一人で来ることもあれば、団体で来ることも、数名で来ることもある。よほど気に入ってくれているのだろう。

お酒の飲み方も綺麗（きれい）なもので、理生が店の手伝いをするようになってから、一度も醜態（しゅうたい）をさらしたことはない。

三橋と共に、三人の青年が店に入ってくる。

（……あれ？）

店に立つ以上、一度でも来店した客の顔はできるだけ覚えるようにしている。

今、三橋と共に入ってきた青年達は、三人とも見覚えがあった。いずれも三橋と来店したことが何度かある客だ。

三人とも二十代前半から二十代後半。三橋も仕立てのいい服を着ていることが多いけれど、彼らのスーツもまた高級そうな雰囲気が満載である。

店の奥には、一つだけ小さな座敷がある。そこに彼らを案内した。

開店当時には座敷はなかったそうなのだが、二十年前に立て直した時に用意したのだとか。

基本的には予約が入った時だけ使うのだが、小さな子連れの客が訪れることもあるから、そういった時には重宝している。住宅街が近いため、家族で通ってくれる人も多い。

「いらっしゃいませ。今日の唐揚げは、シソ味もありますよ。まずは、ビールと冷やしトマトですか？」

三橋が来た時には、最初にビールと冷やしトマトと決まっている。変わり種の唐揚げがある時には、そちらを合わせて注文することも多い。

「そうだね。四人ともまずはビールでしょ、それからいつもの冷やしトマト……今日は若い子が来てるから、唐揚げは両方いっちゃおうかなあ」

「かしこまりました」

おしぼりとお通しを並べながらにっこり。三橋が連れてきた三人は、おしぼりを受け取ると「ありがとう」と口にする。

三人のうち、一番若そうな青年が、「今日のおすすめは？」と、興味深そうに壁のメニューに目をやった。

この店、壁にずらりとメニューが貼られているのだ。

昭和の時代のビールやジュースのポスター――復刻版――も貼られているから、人によっては懐かしいと感じるかもしれない。

おすすめをいくつかあげ、注文が追加されたところで、三橋が理生を呼び止める。

「で、真面目(まじめ)に考えてくれた？」

「真面目にって、なんのことでしょう？」

三橋から、何か宿題でも出されていただろうか？　首をかしげる理生を見て、三橋は笑い声を上げた。

「忘れてたね？　お嫁においでって僕が言ったの、覚えてないかな」

「そういえば、そんなこともありましたね……！」

たしかに先日、そんな話をした記憶はあるが、冗談だろうと思っていた。

三橋が既婚者なのは知っていたし、彼の子供は娘一人。お嫁に行く先がないのだから。

「そっかー、僕はけっこう本気で考えてるんだけどな。で、どの子にする？」

「……はい？」

どの子にするって、なんのことだ。厨房から理生を呼ぶ声が聞こえてくるけれど、話の展開がまったく見えない。

「この三人、僕の甥っ子達。理生ちゃんが気に入った子がいたら、うちにお嫁においで」

お嫁においでって、そんな感じで言われても！

あまりの発言に、理生はその場で固まってしまった。

第一章　「お嫁に来ちゃう？」って本気だったんですか

今日はやけに暑い。

五月の中旬というこの時期に、こんなにも爽やかさ皆無でいいものか。

毎年毎年、「今年の梅雨入りは例年より早い」とニュースで報道している気がする。

きっと、今年もそうなりそうな雰囲気。ならいっそ、「例年の梅雨入りの時期」を早めにずらせばいいのに。

じっとりとする空気を振り払うように、丸伊理生は店の扉を開けた。

最寄りの駅から徒歩七分のところにある居酒屋『鳥丸』は、理生の祖父が開業した店だ。今は父が二代目として腕をふるい、母と理生を中心に店を回している。

「あれ、今日は休みじゃなかった？」

ランチタイムが始まる一時間前、理生が店内に入ると、テーブルを拭いていた母が顔を上げた。

「休みは明日よ？　シフト表も直してあるじゃない」

「あら、そうだっけ」

店の上にある住宅で生活しているから、通勤時間は徒歩三十秒。母が家を出る前に今日は出勤すると告げたのに、すっかり忘れていたらしい。

今日ランチタイムに入る予定だったアルバイトの学生が、急に来られなくなったのでシフトを変えてほしいという依頼を受けたのは朝食後のこと。

母と交代でやっている家事の他にすることもないし、予定もなかったしというわけで、二つ返事でオーケーしたわけだ。

店の奥からは、父が仕込みをしている音が聞こえてくる。奥にも顔を出して一度挨拶（あいさつ）をすると、エプロンを手に取った。

この店には、制服というものはない。仕事をしている時は、私服の上にエプロンだ。何かと汚（よご）れることも多いので、店で働く時に着る服とプライベートの服は完全に分けている。

理生は今年、二十五歳になったが、ずっと実家で暮らしている。

高校は、たまたま行きたい学校が、徒歩十五分という近さだった。大学も、第一志望の学校が、実家の最寄り駅から三駅のところ。

結局、家を出て生活することがないまま現在まできている。

少しだけ茶色に染めているストレートの髪を、仕事中は首の後ろで一本に束ねるか、ポニーテールにするかの二択。今日は高い位置で結いたい気分だったので、自室でポニーテールに結ってきた。

顔立ちが幼いので、メイクは控えめ。常に笑顔を心がけているのは、接客業ということはもちろん、祖父が大切にしてきたこの店を理生も大切に思っているから。

いつも微笑みを絶やさないからか「悩みがなさそうだねぇ」と言われてしまうのが、ひそかな悩みだったりする。

「いらっしゃいませ！　奥にどうぞ！」

十一時三十分になって店がオープンすると、ほどなくして近隣の会社員達が次から次へとやって来る。理生は店内を飛び回り、注文を受け、料理を運ぶ。時々、昼からビールなんて人もいて、そういう時にはビールを用意するのも理生の仕事だ。

空いた皿があれば片づけ、会計をし、客の立ち去ったテーブルを綺麗に片づけて、次の客が座れるように整える。

酒を扱う店ということもあり、理生は大学生になった年から仕事を手伝うようになった。

特に大きな夢や希望を抱いて手伝っているわけではない。ただ、この空気が大好きなだけ。

「あ、これお土産。ゴールデンウィークは、沖縄行ってきたんだ」

「わあ、ありがとうございます。羨ましい。それで日焼けしてるんですね！」

今入ってきた男性が理生に渡したのは、泡盛とちんすこう。ゴールデンウィークを利用して、沖縄で早めの海水浴を満喫してきたらしい。

先ほど店を後にした客は、青森に行ってきたとかで、リンゴのお菓子を山ほどくれた。こういうお土産のやり取りが頻繁なのは、この店に通っているのが十年単位での常連が多いからだろう。

「お父さん、行村さんからお土産いただいた！」

「いつも悪いね！　夜だったらビールサービスするんだけどな」

「気にするなって！　あ、日替わりランチお願い」

厨房から顔だけ出した父に行村は手を振る。たしかに夜だったらビールか、行村の好物である鳥皮ポン酢をサービスしただろうに。

「はーい。お冷やとおしぼりお持ちしますね」

カウンターに座るなり、行村は先に席についていた客とおしゃべりを始めていた。二人ともこの店には長年通っているから、顔を合わせれば話ぐらいはするらしい。

店に流れるのは、昭和の頃の歌謡曲を中心とした懐かしい曲。理生が生まれる前の流行歌だけれど、毎日耳にしているおかげで、カラオケで歌える程度には覚えてしまった。

さほど広くない店内、あちこちから聞こえるおしゃべり。昼休みの会社員が慌ただしく入ってきて、ランチを食べて引き上げていく。

このバタバタしている雰囲気も好き。この店が自分の居場所なのだと感じるのはこういう時だ。

十三時を回れば、ランチタイムの慌ただしさは一段落（いちだんらく）だ。遅めのランチを取りに来る客はいるけれど、店が満席になることはもうない。

店の電話が鳴ったのは、そんな頃だった。ちょうど手の空いていた父が受話器を取る。

「ええ、大丈夫ですよ。理生、カウンター二席空けといて。今夜、三橋（みはし）さんが来るってさ」

「わかった」

素早く棚から『予約席』のプレートを取って、カウンターの席をキープ。

ランチタイム終了後は、一度店を閉める。遅い昼食を済ませたら、今度は夜の開店に向けて仕込みの開始だ。

店内をもう一度掃除し、昼の客の忘れ物がないかをチェック。三橋は、夜の七時に来店予定だそうだ。

夕方に再開店すれば仕事終わりの会社員で、あっという間に席が埋まってしまう。

「カウンター……空いてないか」

「すみません、予約が入ってて」

通りすがりらしい男性が扉を開いたけれど、店内がほぼ満席なのを見て「また来る」と言って引き上げていった。

そろそろ午後七時。三橋の予約時間だ。

「お皿、下げちゃいますね」

「あ、じゃあレモンサワー追加」

「かしこまりました！」

近くのテーブルから空いた皿を引き上げ、飲み物の注文を受け付ける。レモンサワーを手早く用意して運んだ時、店の扉が開いた。

「いらっしゃいませ——三橋さん！　そこの席、空いてますよ」

「悪いね。いつもバタバタでさ」

三橋は、六十代の品のいい男性だ。学生時代からこの店を贔屓(ひいき)にしてくれているというのは、祖父から聞いた話。

なんの会社か聞いたことはないけれど、割と大きな会社の偉い人らしい。部下とおぼしき人達を連れてくることもある。

今日は、何度か連れてきた部下と思われる男性と一緒だった。たしか部下は下柳(しもやなぎ)——だったか。

「いつものビールとトマトをお願いできるかな？」

「はい、かしこまりました」

「私は、ウーロン茶でお願いします」

下柳の方は、今日はアルコールを摂取するつもりはないらしい。そういうことも珍しくないから、理生はそのまま注文を繰り返そうとした。

「飲めばいいのに。代行を頼めば問題はない」

「いえ、今日はやめておきます」

「悪いね、僕だけ飲んでしまって」

お気になさらず、と下柳が返すのを耳にしながら、厨房に入る。

下柳は、代行を依頼して飲む時と、今日のようにノンアルコールですませることがある。

次の日の仕事によるのだろうなと理生は考えているが、人のプライベートに踏み込むつもりもないので詳しく聞いたことはない。

三橋も無理には勧めていないし、二人は長いこと一緒に仕事をしているのだろう。彼らの間にある空気感は、一日二日で出来上がるようなものではなさそうだ。

「それにしても、後継者を決めるのって難しいよねぇ……」

「候補者が多いのは、いいことだと思いますよ」

今日は三杯飲んだところで、三橋は少し考え込み始めてしまった。ちょうど立ち上がった客が会計を求めてレジの方に向かう。

「いっそのこと、くじ引きってどうかな？」

「それはいかがなものかと思いますが」

盗み聞きするつもりはないし、注文はなさそうなのでテーブルを片づけてしまおう。

会計をすませたら、テーブルを綺麗に片づけ、次の客が入れるように食器をセットする。食器を厨房に運ぼうとしていたら、不意に声をかけられた。

「ねえ、理生ちゃん」

「注文ですか？」

「あ、ううん。今日はもうやめておくよ。ほうじ茶もらえる？」

半分冗談交じりではあるけれど、彼が仕事のことを口にするのは珍しい。酔って注意力が散漫になっているのかもしれない。彼もそれをわかっていて、今日はここまでにしたのだろう。

彼のお酒の飲み方が綺麗だな、と思うのはこういう時だ。この店で、三橋が自制心を失ったことはない。

「お待たせしました。こちら、片づけちゃいますね」

頼まれたほうじ茶を出し、空になった皿をトレイに移す。いったん下がろうとしたら、三橋は再び理生を呼び止めた。

「理生ちゃん、お付き合いしてる人はいる？」

「今はいませんよ？」

大学を出て三年。もう二十五だ。

この年になるまでお付き合い経験皆無というわけではなく、恋人がいたこともあった。

学生時代には一度だけ二人きりで旅行をしたこともあったし、この人と一生一緒にいられたら幸せだろうな、なんて考えたこともある。一応、結婚願望は持ち合わせているのだ。

別れてしまった理由も珍しくはない。

社会人になり会社勤めを始めた彼と、実家の仕事を手伝っている理生の間は、埋めようのない溝が生まれてしまっただけのこと。

もう少し上手に対応できればその溝は小さなものですんだかもしれないけれど、お互い働き始めたばかりで相手を思いやるまでの余裕は持てなかった。

『理生はいいよな。家の手伝いなんて、そんな大変じゃないだろ』

という言葉をぶつけられたのがきっかけで、彼とは離れることになった。

たしかに店は家族経営だし、大企業に勤めていた彼から見れば、お気楽な仕事に見えるかもしれない。

理生が出勤するのは昼頃が多いから、朝はゆっくり眠れると思われていた節（ふし）もある。

彼と別れてしまった原因には、理生の未熟さもあったしそれは否定しないが、それ以来、恋愛からはなんとなく遠ざかってしまっている。

「えー、もったいないなあ。理生ちゃんこんなに可愛いのに」

「ありがとうございます。いい縁があれば、そのうち誰かお付き合いするんじゃないかな」

友人に紹介を頼んだり、出会いを求める男女の集まる場に顔を出したりするようなことはしていないので、今の理生に恋人がいないというのも当然。

(お店のお客さんが声をかけてくれることもあったんだけど)

前の恋人と別れたあと、何度か通ってくれた客に誘われて出かけたこともあった。

でも、一緒に出かけた相手の中には、真剣な交際に発展しそうな人はいなかった。一度一緒に出かけただけで、帰りにホテルに誘ってきた人もいたほどだ。

そんなわけで、『恋人募集中』のアピールもやらなくていいかという心境なのだ。

「結婚は?」

「そりゃしたいですよ。いい人がいれば」

友人達の中には、結婚を意識した交際をしている人も、結婚が決まった人もいる。昨年あたりから結婚式に呼ばれるようにもなってきた。

幸せそうな新郎新婦を見れば羨ましいと素直に思うし、両親を見れば温かな家庭を築きたいとも思う。

いつかは結婚したいなとぼんやり考えているのも嘘(うそ)ではないが、理生の腰が重くなっているのは否定できない。

「じゃあ、うちにお嫁に来ちゃう？　前から理生ちゃんいい子だって思ってたんだよね」

「あはは、いいですね。ぜひ」

笑って返すことができるのは、三橋が既婚者で、今も夫婦仲がよくて、理生より年上の娘がいると知っているからだ。本気で誘われているのだったら、こんな返しはしない。

「約束だよ？　真面目(まじめ)に考えておいてね？」

「わかりました。考えておきますね」

なんて、これもまた冗談。隣の下柳も困ったように笑っている。

真面目に考えても、三橋と先の展開はありえない。

彼がこういう冗談を言うのは珍しいと思った——けれど。

きっと、そういう気分の時もあるのだろう。

◆　◆　◆

――思い出した。

ちょうど一週間前に、恋人の有無や結婚はしたいかどうかについて確認された。あの時の三橋は、あくまでも冗談を言っている雰囲気だったたし、そもそも理生も本気で誘われているとは思わなかった。

「ややややや、お嫁に来ちゃうってそういう話ですか？　紹介してくれるつもりだなんて、まったく考えていませんでした」

びっくりした。本気だったのか。

気が付いた時には、店の客はほとんど引き上げていて、残っているのは座敷にいる四人と、カウンターに二人だけ。

「私、あれ、冗談だと思って」

あの日、三橋の隣にいた下柳のことを思い出す。彼の顔がひきつっていたのは、この状況を予期していたからだったたからなのかもしれない。

あの時、冗談だと流さず断っておけばよかった。後悔しても今さらだ。

「嫌だな、僕は冗談で誘わないよ。あ、これうちの甥っ子達。うちの甥っ子のところにお嫁においで」

「……どうも……」

顔をひきつらせたまま、三人の青年の方に向かってペコリ。理生がうっかり三橋の冗談に乗ってしまったせいで、絶対に彼らを困らせている。

（いや、どう考えても釣り合わないでしょうこれは……！）

と、心の中で悲鳴を上げたのは、彼の連れてきた三人が方向性こそ違えど、顔立ちの整った人ばかりだったからだ。

三橋も、素敵な年の取り方をした男性だ。自分のことを『僕』と呼ぶ柔らかな口調。清潔感のある服装に、落ち着きのある物腰。ロマンスグレーという言葉を体現したら、きっと三橋になるのだろう。

「そう。僕、兄弟多くてね。三人とも弟達の子供で、全員僕の会社で働いてるんだよ。なかなか将来有望なんだ。僕の隣にいるのが大智。彼、うちのホテルで働いてるの」

「よろしくお願いします」

大智がこちらに向かって頭を下げる。

以前、三橋に連れられて店を訪れたことがあるけれど、あまり表情の動かない人だ。年齢は三十歳くらいだろうか。

顔立ちは文句なしに整っているけれど、そのためか物腰が穏やかそうな割に近寄りにくい雰囲気がある。敬語を崩さないのも、その原因の一つかもしれない。

（うちの……ホテル……？）

うちのホテルってどういう意味だ。

そもそもホテルを『うち』と呼べるというのは、どういう立場の人なのだ。長年通ってくれている常連ではあるけれど、三橋のことがわからなくなる。

「知らないかな？　ブルーヴェルデホテル」

「……名前だけは」

友人の結婚式で、一度訪れたことがある。カフェとレストラン、それに結婚式場も併設したかなり大きなホテルだ。

あの時はまだ場慣れしていなかったので、ロビーに入っただけで緊張した。

今でも、緊張はしそうだけれど。カフェではアフタヌーンティーも楽しめるそうで、近いうちに行ってみようと友人と約束していたところでもある。

「僕の前にいるのが晃誠（こうせい）。彼は、ブライダルの担当」

ブライダルの担当ってことは、ブルーヴェルデホテルの結婚式場で働いているということだろうか。

「ヴィアジェリコって知ってる？　結婚式場なんだけど」

「……一度行ったことがあります。友人の結婚式で」

「彼はそこの支配人なんだ」

晃誠は、こちらを向いて軽くうなずいたものの、理生に興味を示した様子はなかった。理生とさほど年齢は変わらないようなのに、責任重大な仕事をしているらしい。なんだかとんでもないことに巻き込まれているような。

「それで彼が知哉ね。大智の弟。ルミエールで働いてる」

最後に紹介された知哉は、胸のあたりで小さく手を振ってくる。

ぴしっとしている大智とは違い、柔らかそうな髪は少しルーズに整えられている。暑さに負けたのか、ネクタイを取ってしまってシャツのボタンを外してしまっていた。

ルミエールは、理生もたまに利用する店だ。

よく駅ビル等に入っていて、プチプラよりは少し高めの衣類が多い。オンにもオフにも着られるデザインの服が豊富に揃っていて、会社員の友人は重宝すると言っていた。

「三橋さんの会社って、そんなにいろいろやってたんですね……」

というか、三橋はどんな立場の人なのだろう。甥が同じ会社にいるということは、やはりかなり偉い人なのだろうか。

「……あれ、言ってなかったっけ？」

「何をです？」

「僕の会社、三橋エンタープライズっていうんだ。他にも旅行関係の会社とか、ファミレスもやってるし……最近はクラフトビールにも手を出してる」

「……え？」

ぶしつけな声が出た。

三橋エンタープライズといえば、国内有数の大企業ではないか。

それこそゆりかごから墓場まで——という表現はどうかと思うが、生まれた時から三橋エンタープライズに関わらずに生きていくのは難しいというほど、あらゆるジャンルに進出している。

「三橋さん、冗談はやめてくださいよ……」

三橋エンタープライズのトップ。その甥達で、彼の会社に所属している。たぶん、セレブと呼ばれる人達で間違いない。

危ない危ない。危うく冗談に本気で返してしまうところだった。

どの子にするって理生が選べる立場でもないし。

「冗談じゃないんだけど。どの子もいい子だよ？　……三人とも恋人いないっていうし、理生ちゃんがいいならどう？」

どうって言われても。理生はあいまいな笑みを浮かべた。

三橋は年長者だし、祖父の代から通ってくれているお得意様だ。理生個人としては三橋に好意的であるし、生まれた時から可愛がってもらっている。

彼との関係を悪化させたくはないけれど、「お嫁に来ちゃう？」でくっつけられても困る。

最初に口を開いたのは、知哉だった。

「じゃあさ、連絡先だけ交換しようよ。フォトブリスやってる？」

「一応、アカウントだけは持ってますけど……」

知哉が挙げたのは、近頃、利用者数が急増しているＳＮＳだ。写真や動画を共有する機能が強化されている。

誘われてアカウントだけは作ったけれど、掲載するような写真なんて撮る機会はそうそうない。

綺麗な花や可愛いペットの写真を見てなごむために、何人かフォローしてはいるが、その程度だ。

「じゃあ、アカウント教えて。あ、これ俺のアカウントね」

「……面白い写真は載せてないですよ？」

なんだか、ぐいぐい来られている気がする。

もう一度ねだられて、アカウント名を教える。

見られて困るようなものはないし、そもそもログインだって週に一度するかどうかだ。名刺を取り出した知哉は、しれっとそこに自分のアカウントを追加して書いてよこした。

「ＶｏｃａｌｉｓのＩＤは持っているか？」

と、続けて口を開いたのは晃誠だ。Ｖｏｃａｌｉｓは、国内シェアナンバーワンのメッセージアプリ。

「持ってます」

理生はますます顔をひきつらせた。ちらりと目をやれば、三橋はご満悦の表情である。

「ここにＩＤ書いて」

無言で差し出された名刺。

基本的に店の客に個人情報は渡していないのだけれど、そこにＩＤを書く。

(何やってるのかな、私……)

ここ一年、こういうことはしていなかったのに。

ちらりと大智に目をやる。彼は興味がなさそうに目を伏せた。つまり、彼は三橋の言うとおりにするつもりはないらしい。

「理生ちゃん！　お会計、いいかな？」

「ありがとうございました。今、お会計しますね」

それならそれでまあいいか、と三橋からクレジットカードを受け取る。会計処理を終えてカードを返すと、三橋は座ったまま理生を見上げた。

「誰にするか決めた？」

「お気持ちだけ受け取っておきますね」

にっこりと笑って、話題を打ち切る。三橋はよかれと思って親戚を連れてきてくれたのだろうけれど、三人ともあまり理生には興味なさそうだ。連絡先を渡してきた二人も、三橋の勢いに負けたという方が大きそうだし。

彼の気持ちだけ受け取っておいて、あとはなかったことにするのが一番よさそうだ。見送るために外に出る。

「俺も、ＶｏｃａｌｉｓのＩＤ交換していただけますか？」

先ほどまでまったく興味なさそうだったのに、大智が理生に声をかけてきた。

「え？」

戸惑ったけれど、他の二人とはＩＤを交換しておいて、残る一人と交換しないというのはあまりよくない気がする。

（……たぶん、三橋さんに何か言われたんだろうな……）

理生が会計処理をしている間に、きっと「大智も交換しておきなさい」とかなんとか言われたんだろう。

お互いにスマートフォンを取り出して、ＩＤを交換する。

「じゃあ、また近いうちに寄らせてもらうね」

「ありがとうございました」

三橋は頭を下げる理生に手を振り、三人の甥を連れて歩き始めた。彼らが角を曲がるまで見送ってから、中に戻る。なんだか、ものすごく疲れてしまった。

「今日の三橋さんはすごかったわねえ。三人もイケメン連れてきて」

「三人それぞれ別の意味でイケメンだったね……」

小上がりのテーブルを片づけた母が、理生に笑みを向けた。

無表情ながら顔立ちの整っている大智、アイドルみたいな人当たりのいい知哉、いかにも仕事のできる男という雰囲気満載の晃誠。

うん、方向性は違うけれど、三人とも顔が整った『イケメン』だった。

「理生にも春が来た？」

「うーん、来てないと思う。三人とも、私には興味がなさそうだったしね」

三橋の親戚ならば、もっといい家のお嬢さんとかと知り合う機会も多いだろう。

だから、三人と連絡先を交換したことはすっかり理生の頭から消え失せていた。今日の三橋は、珍しく悪乗りしていたのだということにして。

◇◇◇

店を出てしばらく歩いたところで、伯父が振り返る。烏丸から少し離れた駐車場には、見慣れた車が停められていた。

「ごめんね、待たせたかな」

「いえ、予定どおりです」

運転席から降りてきて、四人を出迎えたのは、伯父の部下である下柳である。伯父とは、入社以来の付き合いだそうだ。

「よかったねえ、三人とも連絡先を交換できて。じゃあ、僕は帰ろうかな。一緒に乗ってく？」

「いえ、俺は駅から戻ります」

と、晃誠。

「俺も。帰りに寄りたいところがあるんだ」

と、知哉。

「俺も電車で帰るので、お気になさらず」

二人に続いて大智もそう口にした。

そう？　と言い残し、伯父は迎えの車に乗り込んだ。

「じゃあ、また今度食事をしようねぇ。来月あたりに集まってくれたら嬉しいな」

にこにことして助手席から手を振ると、すぐに車が出される。

（……何を考えていたんだろうな）

伯父が何を考えて、あんな申し出をしたのか、大智にはまったくわからなかった。

「伯父さん、あれ本気だったのかなぁ」

駅の方にぞろぞろと歩きながら、知哉が首をかしげる。しきりに片手でスマートフォンを操作しているのは、これから飲みに行く相手を探しているらしい。

「……冗談だろう？　彼女もだいぶ戸惑っていたじゃないか」

と、晃誠。

従兄弟同士連れだって歩くのは珍しいことではない。伯父には何人もの甥と姪がいるけれど、特に目をかけてもらっているのはこの三人だ。

伯父が仕事で成功してからは、特に後継者候補なんて呼ばれ方もするようになってきた。それがいいのか悪いのかは別として。

「兄さんはどう思う？」

返答しないまま真顔で考え込んでいる大智を見て、知哉は肩をすくめた。そうしながらも、スマートフォンを操作する彼の手は止まらない。

「あ、うちの近所で飲んでるっぽい。そっちに回ろうかな」

「知哉はいつもそうだな。もう少し落ち着いてもいいんじゃないか？」

知哉は、アパレルで働いているということもあり、流行の最先端をおさえるように努力しているらしい。交友関係が広いのも、やたらと遊びまわっているように見えるのも、情報収集のためもあるのだそうだ。楽しめる間は、今の生活を変えるつもりはないという。

「落ち着くには早いかなー。俺、まだ若いし」

「まだ若いって三歳しか変わらないだろうが」

「その三歳がけっこうでかいと思う」

晃誠はとっつきにくいところもあるのだが、身内にはこうしてくつろいだ顔を見せることもある。

大智が二十八歳で弟の知哉は二十五歳。晃誠は大智と同学年だ。年が近い上に、伯父の会社で三人とも働いているから、何かと比較される対象でもあるのだが、今のところ三人の仲がこじれたことはない。

晃誠以上にとっつきにくい自覚のある大智にとっても、二人といると気楽でいい。大智が口を開かなくても、なんとなく察してくれるところがある。

理生個人に興味がある、と二人の前で口にしたらどんな顔をするのだろう。けれど、それを口にすることはできなかった。

「じゃあ俺こっちだから！」

「俺は――ここからだと知哉と同じ路線だな」

二人と駅で別れ、一人別方向の電車に乗り込む。手近な空席に座を占めた。

理生は常連客の一人としか認識していないだろうが、理生と大智の出会いは、今から三年ほど前のことになる。

今日と同じように、伯父に連れられてあの店を訪れたのが最初だった。

伯父が長年通っているという居酒屋に連れて行かれて最初に驚いたのは、店構えが古いこと。一度立て直していると聞いたが、五十年ぐらい前から変わらないと言ってもおかしくないように見えた。

店の前に出されたのれん、提灯、看板と黒板に書かれたメニュー。伯父が普段使っている店とは趣が違う。

「こんばんは、席空けといてくれた？」

「三橋さん？　いらっしゃいませ、お久しぶりな気がします！」

先に伯父が店に入ると、出迎えてくれたのは、Tシャツにジーンズ、その上からエプロンをつけた女性だった。まだ、若い。大智よりも年下だろう。

高校生のアルバイトだろうか。ポニーテールに束ねた髪が、ぴょこぴょこと揺れる。化粧もほとんどしていないようだ。

「ちょっと仕事が忙しくてねぇ。カウンター、いいかな？」

「どうぞどうぞ、父も喜んで二人分空けてましたから！」

伯父とは顔見知りだったらしく、カウンターに置かれていた『予約席』のプレートをひょいと外して棚に放り込む。二人を席に案内し、おしぼりを差し出す様子は慣れていた。

「理生ちゃん、就職はどうしたの？　決まらないなら、うちに来る？」

伯父の言葉に、一瞬口を挟みそうになる。「うちに来る？」って、そんなに気軽に誘っていいわけはないのだが。一応、それなりの大企業である。

「このまま店の手伝いをすることにしたので大丈夫です！」

「そうか、それもいいね。僕、このお店好きだし」

「ありがとうございます。大学の就職課も行ってみたし就職活動もしてみたんですけど、ピンとくる仕事がなくて。結局うちが一番ってことですよね」

慣れた様子で伯父は何品か注文し、彼女は一度奥に引っ込む。

（……大学？）

高校生ぐらいだと思っていたら、大学生だったらしい。しかも、就職を考えるとなると、成人しているのは間違いない年齢だ。

従兄弟の晃誠や弟の知哉と違って、朴念仁と言われてしまうのはよくあること。それはそれでしかたない、とも思うけれど、女性の年齢は本当にわからない。

「あの子、この店のお嬢さん」

伯父の目が、厨房から戻ってきた彼女に向けられる。ビールのジョッキを片手で二つ持ち、もう片方の手には、お通しの載ったトレイを持っている。

「大学はどう？」

「卒業論文出しちゃえばもう終わりなので、それなりです」

にこにことしながら、手を動かす様にはまったく無駄がない。この店での仕事によほど慣れているのだろうなと思った。

店内をぐるりと見回してみる。清潔感はあるものの、壁にずらりと貼られているポスターは、古い時代のもの。筆文字のメニューは、どれもおいしそうだ。

「唐揚げ、今日は変わったのある？」

「今日は変わり種はないんですよー」

伯父は、この店の唐揚げが好物なのだと二人の話を聞いていて知る。

店名は、この鳥丸が得意とするのが鶏料理であること、店主の姓が丸伊であることからきているということも知れた。

常連客が多いようで、伯父に話しかけてくる人も多い。伯父もすっかりこの場の空気に馴染(なじ)んでいる。

「どう？　この店」

「いいと思います。初めてなのに、懐かしい感じがしますね」

店内はざわざわしているけれど、必要以上にうるさいというわけでもない。表現するなら、一番近いのは家庭的、だろうか。

伯父が、この店を気に入っているのもわかる気がした。

「そうそう、この雰囲気が好きでさ。一回もらい火で全焼したんだけど、あえて創業当時の雰囲気になるよう立て直したんだよね。理生ちゃん、いつ立て直したんだっけ？」

ちょうど追加の料理を運んできた理生が、指を追って数える。

「二十年ぐらい前ですね。私はあまりよく覚えてないんですけど」

理生達は、この店の上にある住居に住んでいるそうだ。当時は、住居も焼けて大変だったらしいけれど、まだ幼かったので記憶はほとんどないらしい。

不意に伯父が顔を上げ、軽く手を上げる。新しく入ってきた客が「元気?」と手を振りながら、テーブル席へと歩いて行った。

「いらっしゃいませ、ご注文をどうぞ」

大智と伯父に笑みを向けた理生が、新たに入ってきた客の対応へと向かう。

にっこり笑った笑顔に一瞬目を奪われたのを今でも覚えている。

あれから、三年。時々伯父に連れられて店を訪れたものの、特に理生との関係が進展したわけではない。進展させようと思ったこともなかった。

——でも。

不意にポケットの中のスマートフォンを意識する。一度ぐらいは、連絡をしてみてもいいだろうか。

◇　◇　◇

どうしてこうなった。

理生の頭の中を一言で言い表すならば、この言葉が一番近い。

最初に連絡をよこしたのは知哉だった。今日はありがとうというような軽いメッセージのやり取りをして話題は終了。

ＳＮＳ上の知哉のマイページは、様々なイベントの写真でいっぱいだった。フットサルをプレイしに行っていることもあったし、サーフィンもたしなむようだ。ちょっとさかのぼって見たら、冬のゲレンデで撮った写真もあった。乗馬までやっているようで、身体がいくつあっても足りないのではないかと思う。

（……こんなに行動的な人、見たことがないかも）

極端なインドア派ではないものの、理生の世界はとても狭い。なにせ、今までずっと実家暮らし。一度も家から出て生活したことがないのだ。

高校までは徒歩で通える範囲の学校に通っていたし、大学も電車で三駅、片道三十分もあれば十分で、通学圏内。他の企業で働くことなく、そのまま家業に従事した。

大学で十分世界を広げたつもりだったけれど、知哉のページに並んでいる写真はキラキラしすぎた。あまりにもまぶしくて、そっとアプリを閉じたほど。

晃誠とも、一度だけメッセージを往復した。たぶん、この先発展することはないだろうなと思う。

そして、問題なのは。大智からのメッセージ。

（この人まで送ってくるとは思わなかったな……）

クッションを抱えたまま、室内に視線を走らせる。見上げた天井には、花形のかさがついたライト。大学生になった年に、自分で買い換えた。

数年前まで、勉強の時に使っていた机は窓際に移動し、主にメイクをする時に使っている。

洋服はすべてクローゼットの中。

パッチワークのカバーがかけられたベッドに、今抱えているのを含めてフリルのカバーをつけたクッション。

花柄のカーテンもそうだけれど、幾分少女趣味に偏（かたよ）っていつつも平凡な部屋。そして、その部屋の住民である理生も平凡中の平凡だ。

『今日はありがとうございました。伯父が長年通うのもわかります。特に鶏饅頭（とりまんじゅう）がおいしかったです』

鶏饅頭は、鶏ひき肉と片栗粉、それからネギや大葉などを混ぜ合わせて茹（ゆ）でたものに、とろみのついた餡をかけた料理だ。優しい味で、常連の中にも好む客は多い。

三橋が望んだ形ではないかもしれないけれど、理生が大切に思っている店の料理を気に入ってくれたのが、なんとなく理生の胸を温かくする。

『こちらこそ、ありがとうございました。鶏饅頭は人気のある料理です。時々売り切れてしまうことがあるぐらいですよ』

また来てくださいね――と打ちかけて、なんでそんなことを書こうとしているのだと手が止まる。

他の二人と、大智の間に、大きな違いはないだろうに。

――でも。

店にいた時は、ほとんど表情を変えることがなかったけれど、こうして送られてきたメッセージを見てみれば、理生との距離感をきちんと測ろうとしてくれているように思える。

『また来てくださいね』と打ち込み、そのまま送信。

返ってきたのは、『近いうちにお邪魔しますね』だった。

◆◆◆

「面白いことになってるのねぇ……」

理生の目の前で笑いを隠せないのは、友人の大橋千佳（おおはしちか）である。

彼女とは、小学校からの幼馴染みだ。中学時代の同級生との長いお付き合いを経て、近々結婚式を挙げる予定である。

何を隠そう、ヴィアジェリコで挙式するのが彼女なのだ。

「うーん、やっぱり三段トレイは憧れよねぇ」

「見てて華やかだよね」

きゃっきゃとスマートフォンを構えた千佳は、テーブルに置かれている三段トレイに盛りつけられたスイーツの写真を撮っている。

ここは、先日話題に出たブルーヴェルデホテル内のカフェ。世間が狭いのに驚かされる。

(って、何があるってわけでもないんだし)

三段のトレイには、サンドイッチ、スコーン、スイーツ類が盛りつけられている。天井が高いカフェには、ゆったりとした時間が流れていた。

普段ばたばたと慌ただしく料理を運んでいる時間帯に、こうやってのんびりしているのはちょっぴり申し訳ない気もする。

「うーん、おいしい」

長い髪を綺麗に巻いた千佳は、いきなり一番上から攻め始めた。たぶん、本来は下の段から上がっていくのが正式なマナーだったはず。

「うん、おいしい」

理生は、スコーンから始めることにした。二つに割って、クロテッドクリームとジャムをたっぷり載せる。

「で、話を戻すけど」

先日、店に訪れた三橋とその甥達の話をしたら、千佳はとても面白がっていた。今だって、にやにやとしている。

理生自身、他の人が同じ目に遭っていたら、好奇のまなざしを向けてしまうだろうから千佳のことを怒れないのだが。

「その三橋さんって何考えてるんだろうね。普通、『お嫁に来ちゃう？』なんて誘わないでしょ」

「ちょうど目の前に、恋人のいない私と、恋人のいない甥御さん達がいたからじゃないかな……お嬢さんはもう結婚してるって聞いたことあるし」

三橋には、理生より少し年上の娘がいて、彼女はすでに結婚しているそうだ。

夫の仕事の手伝いをして日本全国を飛び回っているようで、普段は実家から離れた場所で生活しているらしい。

「仲人(なこうど)体質？」

「そうなんじゃないかなー。私のことをそれなりに気にかけてくれているっていうのもありそうだし」

祖父の友人で、父のことを弟のように可愛がってくれた三橋のことだ。

理生のこともずっと姪のように可愛がってくれていたし、恋人もいないでふらふらしているのを気にかけてくれた可能性は高い。

「で？」

「一人だけ、メッセージがぽつぽつ続いている人がいるの」

大智とだけは、メッセージのやり取りが続いている。別にたいした会話があるわけではない。一日に数回のメッセージの往復だけ。

「どうなってるの？」

「どうなってるのって、メッセージを交換してるだけだってば」

そう言ったら、千佳はちょっぴり不満そうな顔になった。そんな顔をされても、理生にもどうしようもない。

「……なんとなく、楽しいとは思う」

さらに不満そうな顔で見つめられ、つい白状した。

大智とのメッセージのやり取りを、理生は楽しいと思う。彼がどう思っているかまではわからないけれど。

「理生から誘えばいいのに」

「……それはどうかな？」

この先、大智との関係がどう発展していくのかは、まだまったく見えていない。

もう少しこのままでいたいような、先に進みたいような。

千佳はまた不満そうに口角を下げたけれど、今の理生にできることはそう多くないのだった。

第二章　お付き合い、始めましょうか

一週間も続かないだろうと思っていたのに、大智とのメッセージのやり取りは十日以上もぽつぽつと続いている。

今日も暑くなりそうでうんざりだとか、新作の試食をしただとか。

お互い負担にならない程度のペースなのだろうな、という感じで、心地よいやり取りを続けている。

（……なんていうか、義務っぽい？）

と思ってしまうのは、理生の気のせいだろうか。

律儀に毎日似たような時間にメッセージを送ってくるけれど、楽しんでいるようには思えなかった。千佳にもそこまでは言えなかった。

いずれ飽きたらメッセージが来なくなるかもしれないなと考えていたら、ふらりと大智が店を訪れた。夕方の営業が始まり、回転と同時に来た人は酔いが回り始めた頃だった。

「空いてますか？　鶏饅頭(とりまんじゅう)が食べたくなりました」

ここ数日、雨が降り続いている。

黒い大きな傘をさした大智に微笑(ほほえ)まれ、理生はきょとんとしてしまった。

本当にふらりとやって来たし、驚いてしまった。前日のメッセージでは、店に来るつもりがあるような気配をまったく感じさせなかったから。

「カウンターでよければ、空いてます」

「一人ですから、カウンターでお願いします」

先日三橋(みはし)に連れられて店を訪れた時にはあまり意識していなかったけれど、穏やかな声をしている。理生の心の中まで染み入ってくるような穏やかで優しい声。

「この間、三橋さんと来てただろう」

「甥なんです」

カウンターについたかと思ったら、あっという間に常連客の会話の輪に取り込まれている。

落ち着いた様子で返しているが、表情はあまり変わらない。表情筋が仕事をしないタイプと見た。

「三橋さんも、この店、長いからな」

「若い頃の三橋さんにそっくりだ」

「いやいや、兄さんの方がいい男だろう？」

「三橋さんの方が愛想はよかった」

「違いないな！」

口早に交わされる会話に、大智は一瞬戸惑った様子を見せた。だが、その戸惑いも長続きはしなかった。穏やかな口調で返す。

「伯父は尊敬している人ですから、似ているのなら嬉しいですね」

「お兄さんちょっと堅いんじゃないか。まあとりあえず枝豆でも食え」

「串一本やるよ。うまいんだぞ」

すっかり酔いの回っている常連達は、自分達が注文した料理を大智に勧め始めている。

（……大丈夫かな）

大智は、常連客のペースについていけているだろうか。大変そうだったら、手を貸してあげた方がいいかもしれない。

お通しとビールを持っていったら、大智の目が理生に向けられた。

（あ、大丈夫そう）

三橋抜きでこの店に来るのは、常連客に構われ大変だからかもしれないと思っていたけれど、そんなこともなさそうだ。手で、「問題ない」と合図してくる。

「お待たせしました、ビールとお通しです」

「俺これ好き」

「枝豆のお礼に召し上がってください」

大智のお通しが、常連客の行村の前に移動する。「お礼のお礼が必要だ」とばかりに新たな注文が入る。

こういった常連客が集まっている特有の雰囲気が苦手な人もいる。

三橋と共に来た時には、三橋が率先して周囲と話をしていたから、会話の渦に大智が巻き込まれることはなかっただろう。

それからも、ちらちらと気にはしていたけれど、大智が居心地悪そうに見えることはなかった。よかった――と思いながら、大智にとって本日のメイン、鳥饅頭が盛りつけられた皿をトレイに載せて運んだ。

鳥饅頭に視線が止まると、大智は、わずかに目を見張る。次には、目元が柔らかくなったように理生には見えた。

「鳥饅頭です、どうぞ」

「ありがとうございます」

給仕した理生にも、お礼を言ってくれる声音が心地いい。

三橋の甥なら、人柄は確かだの、うちの娘はどうだろうだの、いやそれならうちの娘が、だの酔っ払い達は遠慮がない。

楽しんでいるように見えたけれど、本当のところはどうなのか。

御機嫌な常連客達に絡まれながらも、大智は穏やかに返している。店の空気を楽しんでくれているのならよかった。

一時間ほどゆっくり飲んでから、大智は常連客達に礼を言い、会計のために立ち上がった。

「あの、うるさくなかったですか……？」

店の外に見送りに出た時を狙って、たずねてみた。

先ほどまで降っていた雨はすっかり上がっている。来店した時に持っていた黒い傘を、傘立てから出して手渡した。

「……楽しかったです。伯父が、ずっとこの店に通っていた理由もわかる気がします」

「そうですか？」

「ええ。どの料理もおいしいし、店の雰囲気も温かくて」

その言葉に、嘘はないように思える。

彼が、店の雰囲気を楽しんでくれているのならよかった。

「時々、ちょっとうるさくなってしまいますけれどね」

くすりと笑って、理生は扉へと目を向ける。

扉は閉まっているから、中の様子が見えるわけではないけれど、誰かが大きな声で笑っているのが店の外まで響いてきた。

「そこも含めて、伯父はいいと思ったのでしょう。俺も、同じように感じました」

本当に？　と口にしかけて、余計なことだったと慌てて閉じる。

気に入ってくれたのなら、それでいいではないか。本当に楽しかったのなら、また、機会があれば来てくれるだろうし。

「理生さん」

「あ、はい。なんでしょう？」

危ない。うっかり自分の考えに沈み込もうとしてしまっていた。

まだ、仕事中だというのに。慌てて笑みを取り繕ったら、次には想定外の言葉をかけられた。

「もしよかったら、一緒に出かけていただきたいのですが……」

今、なんて言った？

もしよかったら、一緒に出かけたい？　理生の聞き間違いではなく？

その場に固まってしまって、ただ、目をぱちぱちとさせた。

「一緒に、出かけていただきたいと」

「いえ、聞こえています。ちゃんと聞こえてます……」

彼の方から、こんな形で誘われるというのが完全に想定外だっただけで。

(……大丈夫、かな)

彼が、なぜ誘ってくれたのかはわからない。

どう返事をしようか迷って、大智の顔を見上げた。

今まで声をかけてきた人達は、どんな顔で理生を見ていただろうか。

やっぱり、彼の表情は読めない——けれど。答えを急かさず、考えるのを待ってくれている様子に、しまい込んだはずの感情が、ちょっぴり動いたような気がした。

「土曜日は仕事ですが、日曜日なら空いています」

かなり長い間、待たせてしまったような気がするけれど、その間、大智は焦れた様子も見せなかった。

「日曜日、ですね。どこに出かけたいか、あとで相談させてください」

「私も考えておきますね」

こういう時、どこに行くのがいいのだろう。頭を下げて、歩き始める大智を見送る。ついうっかり、角を曲がるまで見送ってしまった。

店が終わったあと、大智からメッセージが届いているのに気がついた。今日も律義にいつもの時間にメッセージを送ってくれたらしい。

この間までは義務っぽいなと思っていたけれど、顔を合わせて話をしたあとだと、理生の受け取り方も変わっていた。

『今日はありがとうございました。今気が付いたのですが、週末は、天気が悪いかもしれません』

どこに行こうか、まだ何も考えていないけれど、さっそく気づいたことを送ってくれたようだ。

『かまいません。雨が降っていたって、楽しいことはいっぱいあると思うし』

メッセージのやり取りだけで、こんなにもそわそわしてしまうのは何年ぶりだろう。

スタンプも絵文字もないし、毎日だいたい決まった時間に送ってくるから、謎の義務感なのかと思っていた。

メッセージの文面はそっけないけれど、お義理で送っているのなら、わざわざ店まで来ないだろう。

(こういう時、千佳に相談できたらな……)

小学校からの幼馴染(おさななじ)みだから、困った時はいつも千佳に相談してきた。恋愛経験は少ないながらも、理生が千佳の相談に乗ったことだってある。

けれど、今日の千佳は婚約者と二人で過ごしているはず。そこに無粋(ぶすい)な理生のメッセージを割り込ませてしまうのはためらわれた。

（オシャレデートスポットでも調べてみる？）

一回返信するのを止めて、スマートフォンでブラウザーを開く。こういう時、他の人達はどこでデートしているんだろう。

（デートってことでいいよね……？）

わざわざ店に来て誘ってくれたということは、そういうことなのだろうし。

ショッピング――間が持たなそう。

食事――たぶん、行くことになるだろう。

遊園地――いきなり絶叫マシンに同乗する自信はない。というか、彼は遊園地なんか行くんだろうか。

どこかに出かけましょうかって言われて、うっかり受け入れてしまったけれど、冷静に考えたらだいぶハードルが高かった。

最近は一緒に何か作るような体験型のデートも流行（はや）っているらしい。だが、最初のデートで行くのは少し違う気がする。

ベッドに寝そべり、何気なくブラウザーをタップする。

「間違えた！」

うっかり、次に開きたかったページとは違うリンクをタップしてしまった。開かれたページに理生の目が留まる。

それは、ペンギンが並んだ光景だった。高名な動物写真家の展示会があるらしい。

(ペンギン……水族館に行けば見られる、かも)

水族館なら雨が降っても大丈夫だろうし、駅から歩いていける場所にある。近くには食事ができる場所もあるはず。

『水族館ってどうですか？』

一瞬考えて、それから送信ボタンを押す。返事が来るまで、そわそわしてしまった。

急に彼のことを意識し始めるなんて、ちょっとおかしいかもしれない。


何度かのメッセージ交換ののち、最終的に決まったのは水族館だった。

大智も水族館にはめったに行くことがなかったらしく、久しぶりだとメッセージの文面からは喜んでいるような雰囲気が伝わってきた。

そして、日曜日。雨模様という予報は外れ、今日は暑い一日になりそうだ。

理生が選んだのは、白地にネイビーで斜めにストライプの入ったスカート。白のトップス。暑いかも、と思いながら合わせたカーディガンはネイビーだ。

車で家まで迎えに来てくれると言われたけれど、水族館の最寄り駅で待ち合わせにしてもらった。

いきなり車という密室に、二人きりは間が持たないかもと心配だったので。

(会話が続かなかったらどうしよう……！)

昨日電話した千佳の話によれば、最初のデートは映画がおすすめなんだそうだ。

彼女曰く、「話が続かなくてもなんとなく間が持つ」のだそうで。

その話を聞いた時にはうんうんうなずいて終了だったけれど、今になってその意味がわかる気がした。

映画を一緒に見ておけば、その後の時間も映画の感想という共通の話題ができることだし。

(……というか、こういうの久しぶりかも)

大学時代から社会人になる頃まで付き合っていた恋人と別れて以来、特に恋愛に発展するような出会いはなかった。理生も積極的に出会いを求めるようなこともしてこなかったし。

——もし。

もし、三橋があの時強引に連絡先を交換させなかったら。

今、こうして出かけることもなかった。それを思えば、不思議な気分だ。

最寄り駅に到着したのは、待ち合わせの時間五分前。

久しぶりに乗る路線だったので、時間を読み違えてしまった。もう少し早く来るつもりだったのに。

（……改札を出たところで待ち合わせだったよね）

急に緊張感がこみ上げてくる。

彼が、何を考えているのかわからない。

付け足すならば、彼の誘いに乗って、のこのここんなところまで来てしまっている自分のこともわからない。

（――いいから、落ち着け！）

騒がしい自分の心臓をなだめるみたいに深呼吸。

それから、改札を出て、視線をめぐらせた。

都内の駅は、週末もとても混み合っている。この人混みの中で、彼を見つけることができるかどうか。

すぐに、理生の目は大智を発見した。

改札の正面、理生が顔を上げたところに彼はいた。

（……っていうか、うん、目立つ）

今日の大智は、ベージュのシャツにデニムを合わせていた。

いつもはきっちり整えている髪は、プライベートだからか幾分崩した形にセットされている。

服装だけなら人の間にまぎれてしまいそうなものだけれど、どういうわけか、彼のいる場所だけ空気が違う。

すらりとした長身に、無駄な肉のついていない体格。立っているだけで、隙がない。人混みで見つけられないかもしれないなんて思ったのは杞憂でしかなかった。

理生を追い越していった女性の目が、ちらりと彼に向けられるのを認識する。

（……どうしよう）

ここまで来て、足が止まってしまった。

こうして出かけてきたけれど、ここで大智に声をかけるのをためらってしまった。本当に、彼に声をかけてしまっていいのだろうか。

大智の誘いに乗ったのは、三橋に焚きつけられたからというのもあるし、友人の結婚式に招待されることが増えてきて、ぼんやり恋愛とその先にある結婚に憧れが見えてきたというのもある。

だけど。不意に理生の中の弱気な部分が顔を出す。

相手は三橋の関係者。大企業の創業者一族のセレブだ。

わざわざ理生を相手にしなくても、素敵な女性との出会いが山ほどあるだろう。なんで理生をという疑問が一度芽生えてしまったら、声をかけることができなかった。

視線を腕時計に落とした大智が目を上げる。彼の目は、迷うことなく理生に向けられた。

（……あ、笑った）

たぶん、それはほんの少しの変化。理生を見て、たしかに彼は表情を変えた。

そのとたん、今の今までもやもやと考え込んでいたものが、消えていったみたいだった。

彼の表情はわかりにくいけれど、理生が来たことを喜んでいると伝わってくる。

前に進むことのできなかった足が、急に軽くなったように思えた。小走りに近づく。

「ごめんなさい、お待たせしてしまいました」

「いえ、時間どおりです。俺が、早く来てしまったので」

なんだか、変だ。妙にドキドキしてしまって、彼の顔を見られない。

並んでみると、やはり背が高い。胸の奥で何かが動いたような気がしたのは、久しぶりに異性と二人で歩くという理生にとっての非日常体験だからだろうか。

「行きますか？」

「行きましょうか」

目と目が合う。自然と理生の口角が上がった。

大智の方も、幾分雰囲気が柔らかくなった気がする。あくまでも気がするだけだが。

「ペンギン見たいです、ペンギン。大智さんは、何が見たいですか？」

ペンギンは陸上ではよちよち歩くけれど、水の中に入るとすさまじいスピードで泳ぐ。運がよければ、ビュンビュン泳ぐペンギンの姿を見られる。

「俺は——クラゲ、でしょうか」

「クラゲ？」

「クラゲの展示室、大改造したらしいですよ」

「そうなんですね」

近頃クラゲの展示に力を入れている水族館が増えているそうだ。水の中でゆらゆらと漂うクラゲの姿が、忙しい現代人を大いに癒やしてくれるらしい。

今日、二人が向かおうとしている水族館もそうで、去年クラゲの展示スペースも大改造されたのだとか。

（下調べしてくればよかった……！）

子供の頃、両親に連れられてしばしば訪れていた場所だから油断していた。

（……うん、やっぱりいい人だ）

理生とは脚の長さがまったく違うから、同じペースで歩くとどんどん間が空いてしまう。けれど、大智と歩く時には理生が急ぎ足になる必要はなかった。

さりげなく、理生のペースに合わせてくれる。それだけで、気が楽になる。

「あ、そうだ。スマホにメッセージ送ります。これで入館しましょう」

もうすぐ水族館というところで、大智は一度足を止めた。

事前に電子チケットを買っていたようで、メッセージでチケットが送られてくる。おかげで、チケット購入列には並ばずスムーズに入ることができた。

「……わあ」

並ばずにスムーズに入ることはできたのだが。理生は自分のリサーチの甘さを思い知らされることになった。

右を見ても、左を見ても、人、人、人。

小さな子供達が走り回り、ベビーカーに轢かれそうになる。子供を踏み潰してしまうのではないかとはらはらする。どこからか、子供の泣き声まで聞こえてきた。

「週末の水族館、舐めてました……すみません！」

「いえ、混んでいるだろうなとは思ったのですが、俺もここまでとは思っていませんでした」

子供だった頃、家族と一緒に来た時は、ここまで混んでいたとは思わなかったのだけれど。

あの頃は、目の前の魚達に夢中で、他の人にまで気を配っている余裕はなかったのかもしれない。

「水槽が遠い……！」

子供達の向こう側にちらりと赤い魚が見える。近くで見たいけれど、水槽にはべったりと子供が張り付いている。水槽は見えるけれど、中にいる魚はまったく見えない。

「ゆっくり見ましょう。水槽は逃げません。先にペンギンを見に行きますか？」

「そうですね。時間もあるし」

この場所を選んだのは失敗だったけれど、こういう時にその人の本性が出る気がする。

大智は、イライラした様子も見せないし、理生を責める気配もなかった。彼のこういうところは好ましいな、と思う。

「ここ、子供の時に来たことがあるんですよ」

「大智さんも？」

「知哉（ともや）が迷子になって大騒ぎでした。母の手を離して、自分の見たいものだけ見ようとしたんですよね」

懐かしそうに大智は周囲を見回していた。改装で大きく内部が変化しているから、当時の姿とはかなり違うだろう。

（……でも、想像できる気がするな）

きっと、大智は言いつけにしたがって、親の側（そば）から離れなかった。知哉は、自分のペースで行動しそうだ。

子供の頃の二人の様子が、すぐに想像できた。想定以上に混んでいたけれど、会話が続かないという心配はしないですみそうだ。

「……どうしました？」

思わずふふっと笑ってしまったら、不思議そうな顔をしてこちらを見下ろしてくる。

さすがに、子供の頃の二人の様子を想像していたなんて言えない。

「こういうのって、久しぶりだなって思っただけです」

慌ててごまかしたけれど、これで納得してくれただろうか。

「久しぶりですか」

「久しぶりですねー、最近は、休みの日も家で過ごすことが多かったですし」

そもそも最後にデートらしきものをしたのはいつだろう。大学生の頃か、それとも社会人になった直後か。

お店で声をかけてくれる人と食事に行ったことぐらいならあるけれど、残念ながら次に繋げたいと思うような人には会えなかった。

最後にきちんと付き合った人は、大学時代のこと。それも、お金のかからないデートが大半だったので、こういう場所に来るのは本当に久しぶりだった。

「あ、タイがいますよ、タイ。あっちはアジでしょうか」

大きな水槽の中を悠々と泳ぐ魚達。

巨大なエイは、座布団ぐらいの大きさはありそうだ。

エイの他に理生が名前を知っている魚と言えば、映画で有名になった熱帯魚と、金魚にメダカ、あとは食用の魚ぐらいだ。

つい、よく知っている魚に目が向けられる。

「新鮮な魚っておいしいですよね」

口にしてから焦った。水槽の魚を見ながら食べることを考えているなんて、可愛げがないにもほどがある。

「そうですね。俺も魚は好きですよ」

どうやら、セーフだったっぽい。大智は、理生に呆れた様子は見せずに素直に返してくれる。

「魚を捌くのはあまり好きじゃないんですけど。でも、やっぱり食べたくなりますよねえ」

鱗を取って内臓を取って、三枚下ろしにしてと考えるとけっこう面倒な作業だ。

そこまで頑張る気になれない時は、必然的に切り身を買うか、干物になるかの二択となる。

父に頼めば、仕込みのついでに下処理をしてくれるので、理生が自分で捌くことはそんなに多くないのだが。

「面倒ですよね、内臓の処分とかもあるから。スーパーで捌いてもらうというのも手なんでしようが」

意外にも大智からは、同意の言葉が返ってきた。てっきり「そんなに面倒なものなのか」と聞かれるのではないかと思っていたのに。

「大智さんは、料理はするんですか？」

「しますよ。一人暮らしですから、それなりに」

それなりって、どの程度を指しているのだろう。

ご飯を炊いて、味噌汁を作る程度でそれなりに、と言う人もいるだろうし、フルコースを作れる腕を持っていても「それなりに」で済ませる人もいるだろうし。

「基本的には、家庭料理が多いですね。煮物とか、一度作ると続けて同じものを食べる羽目に陥（おちい）ることも多いのですが」

ちゃんと作っている人だった。

しかも、和食、家庭料理、キッチンに立つのを嫌がる人ではないらしい。

たしかに、魚の下処理の面倒くささを理解できる人なら、かなり真面目（まじめ）に料理する人なのは間違いない。

「あとはこう、冷蔵庫の中のものを適当に炒めて、塩胡椒して——みたいな」

なんと、冷蔵庫の中のものを組み合わせた料理もできる人だった。

というか、自炊派なのだろうか。外食する機会は多そうなのに。

「理生さんは？」

「私は……私もまあ、それなりに、かな……一応、店で出している料理は一通り。父が作れないこともありますからね」

時々、厨房に入って手伝いをすることもあるから、店のレシピは完全に受け継いでいる。母の代わりに家事をしているということもあって、理生の方もたぶん「それなりに料理できる」でいいだろう。

「それはいいですねぇ……伯父が気に入っていた唐揚げは最高でした。鳥饅頭はまた食べに行きたいですね」

「私はポテトサラダが好きです」

店で出す父のポテトサラダは、きゅうりに塩をして絞って水分を抜く。塩気の残ったきゅうりが、いいアクセントになる。

母が家で作るポテトサラダは、薄くスライスしたきゅうりをそのまま入れる。母が作る家庭のレシピよりも、店のレシピの方が理生の好みだが、家では母のレシピで作ることが多い。

「前回、ポテトサラダは食べそびれました」

「次回、ぜひ」

言ってから気づく。次回ぜひって、こちらから誘いをかけている。厚かましくはないだろうか。そっと彼の様子をうかがってみる。厚かましいとは思っていないようなので、ちょっと安心した。

しかし、表情が本当に変わらない人なのだな、ということも改めて意識してしまう。これでもっと表情が豊かだったら、周囲の女性が彼を放っておかなそうだ。

（……って、何を考えているの）

彼がどれだけモテていようが、理生が今気にしてもしかたのないことだというのに。

「そうそう、イルカとアシカのショーが、十三時からなんです。早めに席を取りに行きましょう」

「そうなんですか？」

たしかに今日は日曜日。あたりを見回してみれば、子連れの客が多い。先に席を取ろうという彼の判断に従った方がよさそうだ。

ショーのための巨大プールは、水族館の中央にある。少し出遅れたのか、席はもう半分以上埋まっていた。

「もう少し前でなくていいんですか？」

「ステージが見渡せるので、この方がいいかなって思うんです」

理生が選んだのは、最後尾の席だった。ステージを正面に一望できる場所だ。

おそらく、ステージの左右でもパフォーマンスを披露してくれるのだろう。ボールなどが置かれている。

「ほら、あっちにも道具が置いてあるでしょう。前の方に行ってしまうと、見えにくいかなと思って」

「なるほど」

プラスチック製の硬い椅子に並んで座る。

隣にちらっと目をやると、長い脚を窮屈そうに折りたたんでいる。足が長いって、こういう時に苦労するのだなと関係のないことを思った。

（……でも、居心地悪くないな）

ショーが始まるまでは、あと二十分ほどある。会話が続かなくなることを心配していたけれど、料理という共通の話題があって助かった。

「理生さんのところは、カレーを作っても問題なさそうですね」

「二日続きますけど。大智さんは？」

「俺一人だと、三日続きます。三日続けて家で夕食を食べられることもそれほど多くなくて、外で食べることが多いですね」

よく食べる方らしいのだが、それでもカレーは三日続いてしまうそうだ。

たしかに、傷みやすい料理だし、いくら冷蔵庫保存といっても、二日以上は怖いかもしれない。なんて、再び料理の話をしていたら、二人が座って数分もしないうちに、ほぼ満席になっていた。なかなかいいタイミングで座れたと思う。

「座れない！」

不意に高い声が後ろから聞こえる。三歳ぐらいの男の子だろうか。側でなだめているのは、子供と二人で来たらしい母親だ。

通路側に座っていた大智がすっと立ち上がった。

「よかったら、ここ座ってください」

「……でも」

「お子さんだけでも、どうぞ」

せっかく席を取ったのに、すぐに席を譲る彼の姿は、理生の目には好ましいものに見えた。たしかに小さな子を抱えていては大変だ。

「じゃあ、お母さん隣どうぞ」

理生一人で座っているのもあまり気分がよくないし、と続けて立ち上がる。

「……すみません。ありがとうございます」

母親が深々と頭を下げる。

すぐ後ろに立つのも、母親の方が落ち着かないかもしれない。少し離れた場所に移動した。

「理生さんまで立たせることになってしまって、すみません……」

彼の方は、結局理生まで席を立ったことに、申し訳なさそうな表情をしている。

「いえ！　すっと立ってさっと席を譲ってるの……素敵でしたよ」

なんて言えばいいのか言葉を探し、「素敵」に落ち着いた。

頭の中に浮かんだ言葉は他にもいろいろあったけれど、それが一番しっくりくるような気がしたのだ。

「……そう言ってもらえるのは、嬉しいですね」

今度は、なんとなく照れくさそう。彼の表情が読めるようになってきたことに、理生の胸もほわほわとしてきた。

（……思っていたより、わかりやすいかも）

たしかに表情筋は仕事をしないタイプっぽいけれど、何度か会話をするうちに、だんだん読めるようになってきた。

一緒にいるのは楽しい。最初は冷たい印象だったけれど、周りをよく見て、行動できる人でもある。

「あ、ショーが始まりますね！」

水の中から出てきたのは、アシカ達。大きな拍手と共にショーが始まった。

アシカ達が逆立ちしたり、ボールを鼻先でキープしたり。空中につるされた輪をジャンプしたイルカが潜り抜け、盛大な拍手が上がる。

「……すごいですね。こんなにジャンプするなんて思ってませんでした」

三メートル近くジャンプしたのではないだろうか。天井からぶら下げられたボールに鼻先でタッチして、イルカが水中に沈む。派手な水しぶきに歓声と悲鳴が上がった。

「アシカがバランスを取ってボールに乗るのも驚きましたね」

隣の大智は、イルカよりもアシカの方が気になるらしい。歌ったり、投げキスをしたり、なかなか愛嬌のあるタイプのアシカだ。

あっという間に二十分のショーが終わってしまう。手を叩いたり、声を上げたり、大人でも楽しめる構成だった。大満足である。

「それじゃ、行きましょうか」

出口が空くのを待って、ステージを離れようとしたら、先ほど席を譲った親子がやってきた。

「ありがとうございました。助かりました」

「お兄ちゃん、お姉ちゃん、ありがとう」

「……いえ」

一瞬、言葉に詰まった大智が、それだけ返した。バイバイと手を振って、親子は先に行く。

「お兄ちゃん、お姉ちゃんですって」

「おじさんじゃなくてよかったです。小さい子には年齢が上に見られることが多いので」

気にするのはそこなのか。大智がそんなところを気にするとは思ってもいなかった。また一つ、彼の新しいところを見てしまったような気がする。

「行きましょうか。まだ、見ていない展示もあるんですよね」

「クラゲの展示がまだでしたね。少し空いたでしょうか」

クラゲの展示は、入り口に近いところにあるのだが、あまりにも混み合っていたので、先ほどは素通りしてしまったのだ。

海の生き物が展示されている部屋を通り抜け、クラゲの展示室に戻る。

「よかった。空いてました」

先ほどより混んでいたらどうしようと思った、と続けた大智は、大きな水槽に近寄った。

赤や青に色を変える光の中、クラゲ達はゆっくりと水の中を漂っている。たしかに、癒やされる光景だ。

「……絡まってます」

糸のように細い触手を絡ませているクラゲ達を見て、理生は目を瞬かせた。

これ、大丈夫なのだろうか。絡まったまま一生を過ごすのか、それとも何かのタイミングで上手に解けるのだろうか。

「絡まってますね……解けたり、切れたりするみたいですね。水族館で飼育されているクラゲは、飼育員が解くこともあるそうです」

スマートフォンを取り出して調べていたのは、大智も絡まったクラゲを見るのが初めてだったようだ。

「切れても、復活するそうですよ」

「……なるほど」

クラゲは生命力が強いらしいから、触手がちぎれた程度では、さほど大きな問題にはならないのかもしれない。

しかし、こうやって水の中を漂っているクラゲを見ていると、妙に落ち着いてくる。癒やされると、クラゲの展示を好む人が多いのもわかる気がした。

（大智さんも、癒やされているのかな……？）

勤め先でも責任のある立場にいるようだし、ストレスの多い生活を送っているのだろう。クラゲの展示を見たがっていたのも、それが理由なのかもしれない。

もう一歩だけ、彼の方に近寄ってみる。漂うクラゲを興味深そうに見ている様に、心がなごむ。

結局、クラゲの展示室だけで一時間ほど過ごしてしまった。

「まさか、こんなに長い時間お付き合いさせてしまうことになるとは、思ってもいませんでした」

「おしゃべりしちゃいましたもんね」

クラゲの展示室で長時間過ごしたあと、場所を移動してカフェに入った。そこで思っていた以上に話が弾（はず）んだのが、長時間になった理由である。

クラゲの生態についても、改めて調べてみて、なかなか有意義な時間であった。

身体の大部分が水分でできているとか、脳がないとか知らなかった。真っ二つにされても、両方が生き残り、二体に増えるほど生命力が強いのだというのも初めて知った。

（二人でいることが、こんなに落ち着くと思ってなかった）

いきなり二人で出かけるのはハードルが高い気がしていたけれど、一緒にいてもどうしようと困る場面はなかった。

それどころか、彼の思いがけないところに気づく度に、「そういうところいいな」という気持ちが大きくなっていく。

「このまま、食事に行きませんか？」

「いいですね。お腹が空きました」

夕食のあと、丁寧に家の前まで送り届けられて、最初のデートは終了した。

◆　◆　◆

これが交際の始まりなのかよくわからない。

学生時代なら、「遊びに行こう」から始まって、「好きです！」で簡単に成立したのに。

恋愛から遠く離れていたのは、理生の選択の結果でもあるので今さらなのだが。そもそも、これが恋なのかもよくわからない。

いい年をして、自分でも何を言っているのかと突っ込みたくなるけれど、「いい人だな」とか「一緒にいると安心する」とか、そういった感情の方が今は大きいような気もする。

「どうしました？」

「ごめんなさい、ぼんやりしてました」

向かい合って食事をしていたのに、すっかり別の方向に意識が飛んでいた。

これでは、相手に失礼だ。

今日は、パエリアが食べたいという理生の希望で、スペインバルが食事の場所に選ばれた。

テーブルには鮮魚のセビーチェにカジョス、鱈（たら）を使ったクロケッタ。そろそろパエリアを注文しようかとメニューを開いたところだった。

　大智とこうやって食事をするのは三回目。食の好みも、似ているところが多いようだ。

「疲れていますか？　俺が付き合わせているから」

「あ、そういうんじゃないですよ？　ちょっと、ぼんやりしちゃっただけです——うちのメニューに普通のコロッケはあるけど、クリームコロッケはなかったなと思って」

　慌てて話題を変える。

　クロケッタは、スペイン風のクリームコロッケというのが一番近いだろう。現地では鶏肉や生ハム等を使ったものもあるらしい。中身は意外と自由なようだ。

　ごまかすみたいになったけれど、大智はそれでよしとしたようだった。

　鳥丸は鶏料理をメインとしているが、居酒屋で出すようなメニューは一通り揃(そろ)っている。今の発言は、それほど不自然ではないはずだ。

「理生さんは、お店のことになるといつも真剣ですね」

「仕事ですからね」

　何を食べても、「うちの店で出すならどうだろう」と考えてしまうのは、その弊害なのかもしれない。

「そういうところも含めて、素敵だと思いますよ」

「……え？」

思いがけない一言に、思わずフォークを取り落としそうになった。

素敵、とか言わなかったか、この人。それはもうさらりと言われた気がするのだが。

なんとか落とさなかったフォークを握り直して、ぎこちない笑みを浮かべる。今の発言、冗談ではないだろう。

「迷惑、だったでしょうか」

「いえ、そういうわけではないのですが……ちょっと、びっくりしてしまって」

この流れで、素敵なんて言葉が理生に向けられるとはまったく想像もしていなかったのだ。

（……どうしよう）

耳が熱い。向かい側に座る大智の目が、真剣なものであることが伝わってくるからなおさらだ。

何がどうしてそうなったのかわからないけれど、彼が理生に好意を持ってくれているのが感じられる。

いたたまれなくなって、視線を落とす。心臓が、やかましいぐらいに音を立てている。

この音が、相手に伝わってしまっていたらどうしよう。

「……理生さん」

次に続く言葉が予感できてしまう。どうしようもなくそわそわする。

意味もなく、フォークを置き、また取り上げる。

自分でも、何をしているのかよくわからない。

「俺と、付き合ってはもらえませんか？」

「……それは」

そう言われるのはなんとなく予感していたけれど、どう返すべきかはまったく考えていなかった。

（……でも）

ここ数年、こんなに落ち着く人には出会わなかった。

大智と一緒にいると、時間がたつのがとても速く感じられる。それは、彼と過ごす時間が、理生にとっても、楽しいものだから。

店の常連である三橋が紹介してくれたのだから、悪い人ではない。「どの子にする？」という、冗談みたいな紹介であったとしても。

——それに。

理生も彼に好意的ではある。ドキドキしたり、そわそわしたり——そんな恋心まではまだいっていないけれど、大智と過ごす時間はきっと楽しいはず。

「……私でも、いいですか？」

「理生さんがいいんです」

ぽっと胸が温かくなる。難しい話じゃない。一歩、踏み出してみればいい。

「よろしくお願いします」

そう言ったら、大智の表情が明るくなる。

きっと、この選択を後悔することはないと思った。

第三章　これってプロポーズ……されたのでしょうか

千佳がランチを食べに来たのは、大智とお付き合いを始めることになった翌週のことだった。仕事を休んでブライダルエステに行った帰りだそうだ。

ランチタイム終了間際に飛び込んできた千佳は、両親とも顔なじみだ。長年の付き合いなので、いつものとおりいったん店を閉めてしまう。

（エステの帰りにこんなに食べちゃって大丈夫なの……？）

とは思ったが、あえて口にはしない。千佳には千佳の考えがあるのだろう。

ボリューム満点の鶏の唐揚げランチ。お腹が空いていたのか、見ていて気持ちいい勢いで片づけていく。

「で、どうだった？」

わざわざ昼食を食べに来たのは、理生の顔を見て話をしたかったかららしい。実家は徒歩五分のところだし。

「どうって言われても」

付き合ってほしいと、理生がいいのだと言われて受け入れた。なので、何かあったといえばあったのだけれど、それを千佳の前で口にするのはためらわれた。

（今まで、そういう話ってほとんどなかったし……）

恋愛経験の少なさは、理生がひそかに気にしているところではある。

「……駄目だった？」

「ううん、そんなこともなかったけど」

大智と出かけたのは初めてだったし、思いがけず水族館は混んでいた。そんな中でも、彼の行動は理生を安心させてくれた。

彼とだったら、お互いを大切にできるような気がした。こんな感覚は、初めてと言ってもいいかもしれない。

両親は、一回家に戻って食事をしているから、二人に話を聞かれる心配もない。たぶん、千佳はそれをわかっていて、この時間に来たのだろう。

どう？　と首をかしげてこちらを見ている千佳に、なんて返したらいいのかだいぶ迷う。

「……いい人だと思う」

結局、選んだのは一番無難な言葉。

どこかいいとか、どこが好き、だとか。

まだ明確に言葉にすることはできていない。

「いい人?」

「うん」

だけど、彼のことを思うと、胸のあたりが温かくなってくる。じんわりとした幸せと言ってもいいかもしれない。

「そうかー、理生にもついに彼氏ができたかー。今まで、興味ないかと思ってた」

「興味なかったわけでもないんだけど」

ここ数年、ろくな出会いがなかったというだけの話。誰かと並んで歩くということまで、忘れたつもりはなかった。

「でもまあ、いい人っていうのが一番かもね? うちなんかは、もう付き合い長いから」

千佳は、中学時代の同級生と十年以上付き合っている。高校生の頃には、互いの両親も公認の仲だったそうだから、ここ数年は家族と言っていいような付き合いだと本人から聞いている。

初恋をそのまま成就させた千佳の純愛は、はたから見ていて羨(うらや)ましいと言えば羨ましい。

「これから相手のことを知っていくんでしょう? 一番楽しい時期よねー」

千佳は千佳で、これから仲を深めていくであろう理生が羨ましいようだ。お互い、隣の芝生は青く見えるって、こういうことを言うのかもしれない。

◇　◇　◇

一か月か二か月に一度、伯父は親戚を集めたがる。

その時によって参加者は変わるし、参加が必須というわけでもない。だいたい、伯父から「〇日集まれる人おいで」という連絡が入って集まる。そんな気楽な会だ。

と言いつつ、三橋(みはし)エンタープライズに関わっている親族の間では、非公式ながらも互いの仕事について情報交換をする場になることもあるから参加率はかなり高い。

伯母の手料理ではなく、出張シェフを依頼するのは、伯母の負担を減らすため。

「もっと皆で集まればいいのだけどねぇ」

「お父さん、今時こんなにしょっちゅう集まる家はないと思うよ？　盆暮れ正月でも多いと思うのに」

と、家政婦から茶を受け取った伯父の娘の菜津(なつ)はしかめっ面になった。

奈津は人の心の機微を読むのも、時流を見るのも得意ではないタイプなので、たしかに経営には向かないだろう。あと、何かと大雑把(おおざっぱ)なところがある。

「いいじゃないか、可愛い甥や姪に会える機会もそうないんだしさ。だいたい菜津だってうちに来たの三か月ぶりじゃないか」

「だって、忙しかったんだもの」

面白くなさそうな顔をしている菜津の結婚相手は学者だ。

伯父としては、経営に携われるような相手がよかったらしいのだが、菜津は自分の意思を貫いて相手を選んだ。

夫の仕事の手伝いで飛び回っていることが多く、この家に戻ってくる回数もさほど多くないらしい。

「本当、迷惑だったら来なくていいからね？　お父さんが、皆でご飯食べたいだけなんだから」

「都合がつく時だけ、ありがたく参加させてもらっているから心配しなくていい」

と、口角を上げたのは晃誠。たしかに、彼も忙しいので、参加できないことも多い。

菜津はそれならいいけど、と首を動かした。

「俺も、今日はたまたま空いてただけだから」

と、知哉。休日出勤が続いていたので、今日は休みにしたそうだ。

大智自身はといえば、それなりに忙しいと言えば忙しいが、この時期はまだ余裕がある。

理生とのことを伯父に話しておきたかったので、今日は来ることにしたのだ。

他の従兄弟達も、気にするなと菜津に言う。

「うん、皆が来てくれたら僕は嬉しいな」

大家族で育ったせいか、伯父は何かというと甥姪を集め、にぎやかに過ごしたがる傾向にある。一代で財を築いたというのもあるのだろうか。自分の周囲に身内がいないと、とたんに不安になるようだ。

無理強いはされないし、従兄弟同士で集まる機会があるというのは悪くない。

「晃誠と知哉と大智は、ちょっとこっちの部屋に来てもらえるかな？」

伯父が三人の甥を呼んだのは、理生との関係がどうなったのかを聞きたかったらしい。

特に話を聞きたい相手が来ている時、食後別室に呼び出されるのは珍しい話ではない。

「そうそう、君達に聞きたいことがあって。あれから、理生ちゃんとはどうなってるのかなーと思って」

「どうって、別に。フォトブリスのアカウントは教えてもらったけど、それだけだよ。理生ちゃん、写真上げないし」

「別に連絡する必要もないからな」

晃誠もそっけなく答える。二人は、理生とあれから接点を持っていなかったらしい。それもそうか、と思う。

もし、二人から連絡があったのなら、理生がああも簡単に誘いに乗ってくれることはなかっただろうから。

「……なんだ、つまらないな」

大智が返事をする前に、伯父はそう言って嘆息した。つまらないって、そういう問題ではない気もするのだが。

理生とは、正式に「お付き合い」をする仲となったが、まだ伯父に報告はしていない。彼女との交際はいたって順調なのだが、理生の反応が今一つ鈍い。

自分の気持ちを伝えるのが苦手なのは把握しているので、なるべく正確に言葉にして伝えているつもりだ。

どうも理生には伝わっていないような気がしてならないが、焦(あせ)る必要もないだろう。仲はゆっくり深めていけばいい。

理生と交際をしていると口にしかけた時、伯父がとんでもない爆弾を落とした。

「理生ちゃんと結婚した人に、後継いでもらおうと思ったのにな」

「——は？」

最初に低い声を出したのは、晃誠だった。

あまりな発言に、ぽかんとしていて出遅れた。知哉も事態が理解できていないようで、言葉が出てこないのか目を瞬（またた）かせている。

「――もしかして、理生ちゃんって伯父さんの隠し子とか？」

知哉の発言に、大智も晃誠もぎょっとした。いくらなんでも、いきなりそこに発想がいくか。

「なんで、そういう発想になるかな？」

「だよねえ」

伯父は軽く知哉を睨（にら）んだが、爆弾発言で返した知哉も、本気ではなかったらしい。

伯父夫婦の仲がいいのは知っているし、たしか、『鳥丸（とりまる）』には先代の頃から店に通っていたはず。

先代とは親友だったようなことを言っていたし、今の店主も弟のように可愛いんだ、とは酔った伯父がぽろっと漏（も）らした本音。

「どうせなら、理生ちゃんと親戚になるのも悪くないかなって思ったんだよね」

「……伯父さん。本気か？」

晃誠がしかめっ面（つら）になった。知哉も渋い顔だ。

（……引き合わせて終わりだと思っていた）

自分は今、どんな顔をしているのだろう。

「だって、君達誰も結婚しないし。ああいう子と結婚したら仕事にも身が入るんじゃないかなって。理生ちゃんいい子だし」

伯父の言いたいこともわからなくはないけれど、それで理生を巻き込むというのはどうなのだ。

知哉と晃誠が顔を見合わせる。

「まあ、無理強いもできないけどさ。でも」

と、ぶつぶつ言う伯父はちょっぴり不満そうだ。

後継者についてはどうでもいいが、興味を示したような二人が気になった。

その人と再会したのは、結婚式場だった。

千佳の結婚式に参列した日のことである。

友人として招待された理生は、ミントグリーンのワンピースに、揃いのストールで参加していた。本日の主役である千佳は最高に美しく、羨ましいと思ったのは否定できない。

「理生、二次会までどうする？」

「どっかでお茶でもする？」

千佳も生まれた時からこの年までずっと実家で生活しているので、友人として参加しているのは、幼稚園や小学校からの幼馴染みが多い。

理生も交えて五人で、二次会の時間までお茶でもしようかという話になった。

家が近いといっても、社会人ともなると時間が合わないこともある。一年ぐらい会っていなかった友人もいた。

どこに行こうかと話しながら顔を上げたら、ふっと視線が合う。理生と視線が合って一瞬動きを止めたのは、以前三橋に連れられて店を訪れた晃誠だった。

（そういえば、ここで働いてるって言ってたっけ）

仕事中なのだろう。白いシャツに黒いスーツ。背が高いからか、スーツが映える。

お互い、軽く頭を下げた。一瞬、目が合っただけの晃誠は、すぐに仕事に戻っていく。

「理生、どうしたの？」

「なんでもない。ちょっと前にお店に来てくれた人がいたってだけの話」

「こんなところで？」

「すごい偶然だってびっくりしたとこ。向こうもびっくりしてるんじゃないかな」

相手の仕事場を訪れたのだから、顔を合わせてもおかしくないはずだ。

だが、結婚式場にはそれなりに多くの人が集まるものだし、まさかここで顔を合わせるとは想像もしていなかった。

（……いいお式だったな）

新郎も新婦も長年の付き合いがある。けれど、特別な日の二人は、今日は特に輝いて見えた。お付き合いする対象ができたからか、結婚が幾分身近なものに感じられる。大智とは、そんな話は一度もしていないけれど。

「私、先に外で待ってるね」

「うん。急ぐね」

先に会場を離れる準備を終えた理生は、荷物をまとめて外に出た。

追いかけてくるはずの友人を待っていたら、誰かが近づいてくる気配がする。顔を上げたら、晃誠だった。

「これから二次会ですか？」

「その前にお茶でもしようかなって。素敵な結婚式でした」

「そうですね。ええ、こういう時この仕事の魅力を感じますね」

どうしよう、会話が続かない。

晃誠の方も、仕事中なのだから長話は好ましくないはず。

「――丸伊（まるい）さん」

晃誠が何か言いかける。けれど、その時、二次会が始まるまでの時間一緒に過ごす友人がこちらに歩いてくるのが見えた。

「あ、友人が来ました。失礼しますね」

ぺこりと頭を下げて、そちらに向かう。あとから三人追いかけてきて、もう一度五人が集合した。

「さっきのイケメン？　何話してたの？」

「挨拶だけ。向こうも私のことを覚えていたみたい」

最初に戻ってきた友人が、晃誠の後ろ姿に目をやった。どうやらしっかり顔まで見ていたようだ。

「何かあったりする？」

「ないない」

だって、最初のメッセージ交換以来、一度も連絡が来ていない。一応、三橋に言われて挨拶はしたけれど、それだけでいいってことだろう。

ここで顔を合わせたところで、この先に何かあるとも思えない。

二次会ともなると、披露宴からの酔いがまだ残っている人もいて、早々と浮かれた雰囲気が漂い始める。

千佳も新郎をほったらかしで、理生達のいるテーブルから離れようとはしない。

もっとも新郎の方も、友人達と話し込んでいる。今日集まっているのは、大半が長年の友人だから、半分同窓会みたいな雰囲気だ。

先ほど、結婚式場で晃誠に会ったことが話題に上る。

理生としてはあえて口にしなくていいと思っていたのだが、「ものすごいイケメン見た」と、友人が話題に出したのだ。

「……そんなことがあったの？　もったいない！　連絡先ぐらい聞いておけばよかったのに」

その現場に居合わせなかった友人にそう言われて、理生は苦笑いした。

連絡先ならもう交換しているのだ。だが、発展しなかっただけのこと。一応挨拶のメッセージは交わしたのだし、三橋への義理は両方果たしたのだから問題ないという判断だ。

「本当に興味なかった？　ちょっとぐらいならいいなって思わなかった？」

きゃあきゃあとはしゃぐ友人達とのやり取りも久しぶりだ。中学生の頃に戻ったみたいにはしゃいでしまう。

「っていうか、理生は彼氏いるじゃない」

「――は？」

千佳の言葉に、一斉に友人達の視線が理生に突き刺さる。そういえば、千佳以外の友人達には話していなかった。

「ええっ！　なんで教えてくれなかったの？」

「まだ付き合い始めたばかりだし……」

これから先、大智との付き合いがどうなるかわからないから言えなかったというのは、理生の言い訳だ。

いい人、だと思う。理生も彼に好意を持っている——とは思う。

けれど、彼が理生に惹かれる理由が今のところよくわからないのだ。

自分がそこまで愛されていると思うほど、浮かれてはいない。

（……たぶん、そういうところもこれから知っていくんだろうな）

お付き合いというのは難しいものだ。今、初めてそれを痛感している気がする。

◆◆◆

理生は困惑していた。ここで彼と会うなんて。

うっかりキッチンペーパーの補充を忘れてしまい、駅前のドラッグストアまで買いに出たのは十分前のこと。

「あれ、理生ちゃん？　どうしたの？」

と、声をかけてきたのは知哉だった。今日は土曜日。

仕事は休みだったらしく、スーツではなくラフな服装だった。パーカーにデニム。理生と同じ年だと聞いていたけれど、年齢より若く見える。今日の彼は大学生みたいだ。

「キッチンペーパー切らしちゃったので」

「あー、俺、今から店に行こうと思ってたの。一緒に行ってもいい？　あ、荷物持つよ」

「いえ、自分で持てます」

断わったが、さくっと荷物は奪われた。

それにしても、フットワークが軽い。まるで、学生みたいなノリだ。休日にわざわざここまで飲みに来るなんて。

駅から店に向かって並んで歩く間も、知哉は途切れることなく話を振ってくれる。それに返しているだけでも、なんとなく間が持つような気がするから、不思議なものだ。

「休みって何してるの？」

「普通ですよー。買い物したり、映画に行ったり」

なにせ、ずっと地元で育ってきた。小学生の頃から付き合いの続いている友人もいるし、大学時代にこちらに引っ越してきてから親しくなった地方出身の友人もいる。

遠出はあまりしないものの、月に数回は出かけているし、そうでない日は家でゆっくりと過ごしている。

母と二人で家事を手分けしているから、たまった家事を休日に片づける必要がないのは、実家暮らしの利点だろうか。

なんて話をしていたら、知哉は「うーん？」と首をかしげていた。

何か、問題でもあるのだろうか。理生の人生は、平凡極まりないのは否定しないけれど。

（……大智さんとのことは、まだ言えないし）

大智が弟に理生とのことをどう話しているかはわからない。だから、恋人の有無を聞かれたとしても、あいまいに濁（にご）すことになる。

「休みの日、暇だったら俺と遊ぶ？」

「遊ぶって、私サーフィンはできませんよ？　乗馬もしたことないし、テニスも、まっすぐ打ち返す自信はないし」

フォトブリスを眺（なが）めるのは嫌いではない。

可愛い動物写真をめぐるついでに、知哉のマイページも何度か見たけれど、改めて見てもやはりキラキラだった。たぶん、人生エンジョイ勢というのは知哉のような人のことをいうのだろう。

「あはは、毎日そんなことしてるばかりじゃないんだけど。でもまあ、俺に壁はあるよね」

「……まぶしいだけです」

「まぶしい？」

「めちゃくちゃ人生満喫してそうでまぶしいです」

「そういう言われ方したのは初めて！」

げらげらと知哉は笑う。

嫌がっているわけではなさそうだ。

「こう見えても俺、女性受けは割と悪くないつもりなんだけど」

「それは、わかります」

こうやって、知哉と話をするのがつまらないわけではないのだ。

テンポが合わない気はするし、たぶん、知哉の方もそれを感じているのだろうなという気もするけれど、会話が途切れることはない。

「うん、伯父さんがあんなこと言わなかったら、声かけようと思わなかったし」

「ですよねーというか、知哉さんは正直者だと思います」

その点には、完全に同意である。

たぶん、知哉のタイプは、彼についていくことのできる女性だろう。

彼のフットワークの軽さを見る限り、ついていく方は大変だろうな、という気がするのも拭えないが、似たようなタイプの女性はきっとどこかにいるはずだ。

「うん、でもまあ一応話はしておこうと思ってさ。正直ちょっとぐらついたのは否定できないし」

「ぐらつく？」

ぐらつくって、なんのことだろう。三橋抜きで店に来てくれるほど、烏丸を気に入ったのなら嬉しい話ではあるのだが。

「ううん、なんでもない。こっちの話――と、こんばんはーって兄さん？」

「……ええ」

店に着いて扉を開いて中に入ったら、入ってすぐのカウンターに大智がいた。隣の常連と話をしていた彼は、知哉を見て右手を上げる。

「大智さん、こんばんは！　いらしてたんですね」

理生が挨拶したら、小さくうなずいた。そんなやり取りでも、常連客の前で交わしていると
なると面映ゆい。両親にも、交際の件についてはまだ話していないから余計にくすぐったく感じられる。

「そっか、兄さんも興味あるのか――じゃあ、俺はいいや」

先ほどから、知哉が何を言いたいのかよくわからない。

と、荷物を持たせたままだったのに気がついた。

「すみません、持たせっぱなしで！」

軽いからいいでしょ、とは言われたけれど、お客さんに持たせていいものではなかった。

大智も興味あるのか——という、彼の発言の意味は気になったが、今はそんな話をしている場合ではないのだ。

「隣、空いてるぞ」

「ううん、いいや。邪魔しちゃ悪いし——じゃあね、理生ちゃん」

ここまで運んでくれたキッチンペーパーを理生の手に戻し、知哉は行ってしまった。

(……なんだったんだろうな？)

不思議に思いながら知哉を見送り、大智の側に近づく。せっかく店に来てくれても、彼の相手ばかりしていられないのがもどかしい。

「お店にいるから、びっくりしちゃいました」

「時間ができたので、寄らせてもらいました。突然ですみません」

「いえ……あの、来てくれて、嬉しかったです」

あ、今の顔は照れている顔だ。

彼と接する時間が長くなればなるほど、その表情を読み取るのも上達してきた気がする。

「今度の週末は会えますか？」

「大丈夫です」

こうして店に来てくれて、直接誘ってもらえるとなんだかくすぐったい。まるで、自分が自分でなくなってしまったみたいだ。

お付き合いするって、きっとこういうことなのだろう。

◆　◆　◆

今日のデートはショッピングモール。目的がなくても、二人で歩いているだけで楽しい。

（……たぶん、けっこう好かれてはいるんだろうな）

大智は表情がわかりづらいけれど、その言動から大事にされているのはわかる。なのに、何を迷っているのだろうと自分でも思う。

——でも。

ふとした瞬間に、大智との違いを感じさせられる。理生なら購入をためらう金額の品をぽんと買ってしまうところとか。

もちろん、大企業の創業者一族の大智からすれば、さほど高価な品でもないのだろうし、彼の買い物に理生が口を挟むべきではない。見かける度に、内心で「ひぇぇ」と思っているだけである。

「……家に寄っていきませんか?」

「家、ですか?」

そういえば、大智の家はここからさほど遠くない場所にあるらしい。理生を招待してくれるとは思ってもいなかった。

「遊びに行かせてもらえたら嬉しいです」

素直に返す。そうだ、こういうのをお付き合いと言うのだ。

誰にはばかることなく一緒にいられるのだから、堂々としていればいい。

大智の隣に自分がふさわしくないのではないかとか、そのあたりを気にしても始まらないのだ。

最寄り駅から徒歩五分。閑静な住宅街の一角にあるそのマンションは、知る人ぞ知る高級住宅といった雰囲気だった。

外観は茶とベージュを中心に落ち着いた色を組み合わせたもの。

オートロックを通り抜けた先は、天井が高く、白い大理石調の床材を使ったエントランス。

もしかしたら、本物の大理石かもしれない。

エレベーターは三基あって、カードキーをかざさねばエレベーターを使うことすらできないらしい。来客は、オートロックを解除する時とエレベーターの二か所で内部から開けてもらわないと、エレベーターを使えないという徹底したセキュリティだ。

「……広い！」

思わず声が漏(も)れたのは、部屋に通されてからだった。大きく窓を取ったリビングは、木製の家具で統一されている。

背の高い家具は置かれておらず、低い家具で統一されていることでより広さが強調されている。いや、実際かなり広いのだ。理生の個室の三倍とか四倍ぐらいありそうだ。

真っ先に理生の目が向かったのは、カウンターキッチンだった。広々とした作業スペースに、コンロは三口。流し台もゆったりとしている。

作業スペースはリビングに向いている面が高くなっていて、リビングから手元が見えないというのも高評価ポイントである。

「すごいですねぇ……！　うちの店の厨房よりずっと立派です」

「使うのは俺一人ですけどね」

理生のはしゃぎっぷりに、大智の方が若干引いている気がする。

（……何やってるんだか）

実家はそれなりに手を入れてはいるが、こんな最新設備ではなかった。

ついはしゃいでしまったけれど、初めてお付き合いしている人の家に上げてもらって、大はしゃぎするポイントがキッチンというのはどうなのだ。

だが、キッチンカウンターと揃いのカップボードもいいし、大きな冷蔵庫も羨ましい。こんなところで料理をしたらさぞや楽しかろう。

（……二人並んでも料理できそうだし）

作業台は広いし、カウンターの背後にも十分なスペースがある。

店の厨房（ちゅうぼう）で父と並んで作業することはあるけれど、それよりゆったり作業できそうだ。

大智と並んで料理する光景を想像し、頭の中でボンッと火がついたような気がした。

「どうしました？」

「イエ、ナンデモアリマセン……」

焦るあまり、片言になった。いぶかしげな目を向けられて、ますますいたたまれなくなる。

「お茶でもいれましょうか。そこ、座って待っていてください」

「……ありがとうございます」

指示されたのは、柔らかそうなソファである。おそるおそる端に腰を下ろしたら、柔らかく身体を受け止めてくれた。

どうやら、ソファも最上級の品らしい。理生の実家もそれなりにいい家具で揃えていたはずなのだが、雲泥の差だ。

座って室内を見回してみれば、人柄がこういうところに出るのだろう。広々としたリビングには温かさのようなものが感じられる。

木製を中心に選ばれた家具。キッチンカウンターも木製だ。無機質な感じはしない。

「何か気になることがありましたか？」

「いえ、素敵なリビングだなって」

「……そうですか。理生さんが気に入ったのならよかったです」

「ほんとに素敵。家のリビングなんてごちゃっとしてますもん。ここまで広くないし」

一度立て直しているが、それも二十年前だ。

両親、それに理生。家族三人で暮らしていれば、それなりに荷物は増えていく。祖父母が存命だった頃から置かれている品もまだたくさん残っている。

「理生さんは、朝は弱かったんですよね」

「……そうなんです。仕事で夜遅いっていうのもあるんですけど」

閉店作業を行い、それから家に戻る。両親と順番を譲り合いながら入浴をして、軽く家事をしてとバタバタしているうちに、寝るのが二時三時になるのも珍しくない。必然的に、朝起きるのも遅くなるというわけだ。

もともと長時間の睡眠が欲しいタイプだからか、母が朝食を作ってくれる時間に起きられないのも珍しくない。たいてい、両親が店に出勤してからもそもそと残った朝食を食べて、ランチ営業のため店に出る支度を始める毎日だ。

（……なんで、そんなことを言い出すんだろう？）

きょとんとしていたら、大智がもぞもぞとした。

「それでは、俺が毎朝味噌汁を作るというのはどうでしょう？」

「……はい？」

「毎朝、俺が味噌汁を作ります。一緒に暮らしてもらえませんか」

これって、プロポーズなんだろうか、それとも単なる同居の誘いなんだろうか。

たしかに「君の作った味噌汁を毎日飲みたい」がプロポーズの定番と言われていた時代もあったのは知っているが。

毎朝理生に作らせるのではなく、大智が作ってくれる。きちんと家事をする宣言と受け止めればいいのだろうか。

「駄目（だめ）でしょうか」

「いえ駄目じゃないです」

わずかに眉が下がった気がしたので早口で返した。返してから気がついた。

今のって、返事をしたことになってしまうのだろうか。

「よかった。ありがとうございます」

何か対応を間違ってしまったような気もするけれど――。

（……まあ、いいか）

流されているといえば流されているのかもしれない。でも、この空気を壊したくないと思ってしまったのだ。

かすかに口元を緩ませて、大智が理生の隣に腰を下ろし、理生を抱き寄せると、ゆっくりと顔を近づける。

「んっ……」

理生の唇と、大智の唇が重ねられた。

それは、ほんの一瞬の出来事で、すぐに二人の唇は離れていったけれど、その短い時間の間に、理生には十分すぎるほど長い時間が過ぎていたように思えた。

「理生さん」

理生の名を呼ぶ彼の声に、理生に対する気持ちが混ざっているように感じられるのは気のせいだろうか。いや、きっと気のせいではないはずだ。

もう一度目を閉じる。

二度目のキスも、優しく理生を包み込んでくれるみたいだった。

第四章　結婚にお決まりの試練が始まったらしい

一度話が進んでしまうと、どんどん前進するものらしい。

不満があるわけではないが、流れに乗りすぎているような気がして落ち着かない。

理生と大智、二人の休みを合わせることができるのは、基本的に日曜日だけ。

その一日を利用して、理生が引っ越しをしてから必要なものを買いに行かないかと誘われたのは、一緒に暮らさないかという提案を受けた翌週のことだった。

いつの間にか季節は移り変わっていて、昼間の残暑は厳しいものの、朝晩には秋の気配を感じるようになっている。

「まだ早くないですか……？」

「だって、理生さんのものもあった方がいいでしょう？」

「おうちの方に反対されたりとか」

そう、まだ大智の家に挨拶に行っていないのだ。一緒に暮らすのならば、親に挨拶はすべきだと思う。

　大智が一人で店に来るようになって親しげに話したり、週末に出かけることが増えたりしたから、理生の家族はうすうす察しているような気はするけれど。

（うちはともかく、大智さんの家族には、いろいろ反対されそうな気がするのよね……）

　三橋家にふさわしくない娘とか言われてしまったらどうしよう。

　大智と理生が並んでいても、釣り合っているようには見えないだろうし――なんて考えてしまうのは、理生が自分に自信を持てないからだろうか。

（好きは好き、なんだけどな）

　ドキドキしたり、そわそわしたり。たぶん、これが恋なのだろうと思う。

　だけど、手を繋ぐタイミングさえもまだ上手に掴めなくて、空振りすることも多い。

　本当に今のまま結婚まで突き進んでしまっていいのかという気持ちも、心のどこかにあるのは否定できない。

「嫌……でしょうか」

「あああっ、違うんですよ！　嫌ってわけじゃなくて！」

　なんとなく、大智の元気がなくなったような気がして慌てて手を振る。嫌というわけではないのだ。困惑しているという方が大きい。

「でも、だいたいのものって揃(そろ)っているでしょう？」

広々とした２ＬＤＫのマンションは、帰って寝るだけの空間ではなかった。

大智の好みで居心地のいいように整えられていて、不足しているものがあるようには思えない。

「自分で料理をするのなら、キッチンツールも一通りあるでしょう。お鍋もフライパンもありますよね？」

「でも、理生さんの好みではないですよね。いっそ、引っ越して一から理生さんの好みで――」

「やめましょう。今のままで十分です」

たしかに結婚のタイミングで、二人揃って新居に引っ越しをするというのもありと言えばありかもしれない。だが、今の部屋からあえて引っ越しをする必要はない気がする。

そもそも部屋が広いし、収納も充実している。大智がコレクター気質なら足りないかもしれないが、何かをコレクションするという趣味は持っていない。

いずれ子供が生まれたら、広いところに引っ越し――そこまで考えてはっとした。

今、ごく自然に子供のことを考えていた。

（結婚生活の先まで、考えられるなら大丈夫かな……？）

流されるようにここまで来てしまったけれど、これなら大丈夫そうだ。理生が今のペースについていくことができていないだけ。

「俺は、食器は買いたいです」

「いります？」

なんだろう、今、大智が前のめりになったような気がする。でも、食器も一通り揃っていた気がする。

「いります。理生さん用のカップとか茶碗とか」

「……なるほど」

すっかり頭から飛んでいたが、朝、コーヒーを飲むためのマグカップとか、マイ箸マイ茶碗はたしかに欲しい。

自分で料理をするし、おいしいものを食べるのも好きな方。大智としては、食器類をきちんと揃えておきたいのだろう。

「ランチョンマットも新しく買いますか？」

「いいですね。そろそろ新しいのが欲しいと思っていたんです」

それならまずは、食器を揃えるところから。

大智の家で使っているテーブルウェアの取扱店へと向かう。少し離れたショッピングモールに入っているというその店の隣は、雑貨店だった。

「……あ」

理生の目が、店頭に並んでいたマグカップに吸い寄せられる。猫のマグカップだ。

マグカップ本体から浮き出るように立体的な猫がついている。長く、くるんと巻いた尾が持ち手だ。

ちょっと使いにくそうな雰囲気（ふんいき）はするけれど、可愛い。黒猫と白猫の二色。ペアとしても使えそうだ。

（……やめとこ）

手を伸ばしかけて、でもやめた。

あの部屋に、こんな可愛らしいものを持ち込むのは少し違う気がする。大智が使っている食器とはまったく別の傾向だ。

心は惹（ひ）かれるけれど、今日はやめておこう。マグカップを集める趣味もないし――と目的地に足を向けようとしたら、横からひょいと手が伸びてきた。

「これにしますか？」

「可愛いですけど……子供っぽいのもどうかと思って」

「俺はいいと思いますけど」

白猫の方のマグカップを手に、大智は首をかしげてみせる。

(意外と似合う、かも)

顔のいい人は、何を持っても似合うらしい。理生がそんなことを考えているなんて、きっと大智は気づいていない。

「理生さんは、黒猫と白猫どちらがいいですか？」

「黒、かな……？」

「ちょうどよかった。俺は、こっちがよかったので」

にっこりと微笑(ほほえ)んで、大智は会計へと向かってしまう。

もしかしたら、こうやって買い物をしているだけで見えてくるものがあるのかもしれない。

理生が求婚を受け入れてくれた。

２ＬＤＫの部屋は、若干狭いが、子供ができたら引っ越しをすればいいだろう。

いや、それとも理生の希望を受け入れて、新居を別に用意した方がいいだろうか。

なんて考えていたら、理生の方から「引っ越しはしなくていい」と言われてしまった。今の部屋で十分らしい。

一緒に暮らすのならば、新しい食器は必要だ。

とりあえず理生用の食器を揃えるところから始めることにした。

一つ一つ、真摯な顔をして食器を選んでいる理生の横顔から目が離せない。意外なことに、理生は可愛らしいものが好きなようだ。

理生の視線を追っていたからわかる。

最初に彼女の目が留まったのは、目的地ではなくその隣の店。猫をかたどったマグカップ。マグカップを見て、数秒止まり、それからすっと視線をそらす。気になっているけれど、ここでやめてしまおうと思ったらしい。

「これにしますか？」

とたずねたら、ちょっぴり困った顔をしていた。

大智の家には、似合わないと思っているらしい。そんなの気にしなくてもいいのに。

顔を合わせた回数はさほど多くないけれど、理生を手放したくないという気持ちは膨れ上がっていく一方。

二人で食器を探すのも、新婚生活の予行演習みたいで楽しかった。

理生の買い物は、衝動買いではない。一つ一つ吟味し、慎重に判断している。

例のマグカップも、使いにくいのではないかという点を心配していた。そこまで心配するようなことではないのに。

まだ、両親にも、理生との関係を推してくれた伯父にも話をしていない。

先に両親には話をしておこうと思ったのは、理生と買い物に行ったその日のことだった。

次の土曜日には、実家に戻ることにする。普段家にいないことが多い両親も、その日はたまたま家にいたから。


大智と知哉はすでに家を出ているが、家族と仲が悪いわけではない。知哉にも一緒に話をしようと連絡したら、大智が戻るのに合わせて戻ってくれることになった。

一度、烏丸で鉢合わせたが、理生と知哉が接触している様子はないから、知哉が理生を口説いているところに割り込んでしまったわけでもなさそうだ。

父は伯父の弟になるが、三橋とはまったく関係のない業界で仕事をしている。親族の集まりに顔を出す時には、母と共に訪問する程度には親戚づきあいをこなしている。

母は、先日まで三橋の関連企業で働いていたが、今はのんびり専業主婦だ。

もともと伯父の仕事の手伝いをしていたのが、ここまで大きくなってしまって戸惑っていたという面も大きいらしい。

「今日の兄さん、やたら機嫌がいいな」

「……そうかな」

知哉に指摘され、顎に手を当てる。

機嫌がいいのは、自分でもわかっている。機嫌がいいというより、浮かれているのも。

馴染んだ実家の空気は、ほっとさせてくれる。

リビングのソファには、父と母が並んで座り、角を挟んだ一人掛けのソファに知哉、大智は両親の向かい側だ。

しばらく実家には戻っていなかったから、最初は近況報告に花が咲く。

知哉は、今度引っ越しをするらしい。今の部屋に移り住んで、まだ二年たっていないのに。

「飽きちゃったんだよな、今の部屋。更新料払う前に引っ越しをしようと思ってさ」

友人が多く住んでいる地域という選択肢で選んだらしく、今の職場からは少し遠いし、部屋の設備に若干不満があるらしい。

知哉のフットワークの軽さとか、友人の多さというのは常々敵わないと思っているところだ。

同じ両親から生まれて同じように育ってきたはずなのに、二人の性格はかなり違う。

「兄さんは？　最近どうなの」

「……結婚しようと思う」

「は？」

大智の言葉に、知哉は妙な声を上げ、両親も眉を上げた。

二十八歳という年齢での結婚は、今時の平均からしたら幾分早いかもしれないが、年齢も年齢だし、別に驚かれるほどのことでもないと思うのだが。

「お付き合いしている人いたの？」

「……まあ、それなりに」

母が身を乗り出してきた。今まで交際相手の女性を家に連れてくることはなかったから、好奇心をそそられたようだ。

「騙されてない？」

「その発言はどうかと思う」

そこまで恋愛にうといと思われていたのだろうか。

奔放（ほんぽう）な知哉が、しばしば交際相手を家に連れてくるのを見ていれば、大智に今まで浮いた話が一切なかったのを不思議に思ってもしかたないかもしれないが。

「まあ、お前が結婚したいというのなら反対はしないけどな」

と、父。

どこの誰なのかというのが気になっているようだけれど、それを聞いてしまっていいのかどうかには迷いがある様子だ。

「もしかして、理生ちゃん？」

「……そう」

伯父の発言を一緒に聞いていたからか、知哉にはすぐにわかったらしい。

「兄さんが幸せなら、それでいいんじゃない？　幸せなら、だけど」

なんだか、妙な含みを持たされているのは気のせいだろうか。

気にはなったが、すぐに話題は変わり、追求するタイミングを失った。

◇◇◇

――というわけで。

いよいよ大智の実家訪問の日である。

(服装よし、手土産よし)

選んだのは、淡いグレーのワンピースにベージュのジャケットの組み合わせ。

普段はポニーテールか、頭の低い位置で緩く束ねている髪は、今日は綺麗(きれい)に巻いてある。コテを使うのが久しぶりだったので、時間を食ってしまったのは内緒だ。

アクセサリーはパールで揃えて、足元はベージュのパンプス。清楚(せいそ)なお嬢さんに見えればばいいけれど、どうだろう。

手土産に選んだのは、実家の近くにあるスイーツ店の焼き菓子詰め合わせだ。

家族は、和菓子よりも洋菓子の方が好きだという大智のアドバイスで決めた。何度か雑誌にも掲載されている店だから、外してはいないはず。

「理生さん、こっちです」

「……お待たせしました」

大智が車で迎えに来てくれた。スポーツタイプではなく、一般の乗用車である。

その車選びも、彼らしい。きっと子供が生まれたら扉がスライド式のものに買い換えるのだろう。そんな光景が、ごく当たり前のものに思えてくる。

「今日は一段と可愛らしいですね」

「ありがとうございます。変じゃないですか？」

デートの時には毛先だけうち巻きにして出かけるから、こうやって巻いているのを見せるのは初めてだ。

「いつもと違った可愛らしさがあります」

「それなら……よかったです」

きちんと言葉にしてくれるから、安心できる。思えば、お付き合いした人とはここまで言葉にしなかったような気がする。

(私も、あまり言葉では伝えてこなかったかも)

と、少しばかり反省する。その反省は、今後に生かしていくしかない。

理生の知っている大智の性格どおり、彼の運転は危なげのない安全運転だった。助手席にいてはらはらすることもない。

混み始めた道を危なげなく運転する大智の横顔を見ていたら、不意に声をかけられた。

「どうしました?」

「安心するなって思ってました」

「安心、ですか」

「はい。大智さんと一緒にいると安心するなって――あと、きちんと伝えようとするのが大事なんだなって考えてました」

よく考えたら、きちんと言葉にしてくれるけれど、「いい」とか「素敵(すてき)だと思う」とか。

彼が口にするのは、理生を肯定する言葉ばかり。

でもきっと、そうする必要があったなら、悪いと思った時にもきちんと伝えてもらえるだろう。

「それにしても……緊張してきました」

「そんなに構えなくて大丈夫です。両親も理生さんに会うのを楽しみにしていますから」

「そう言ってもらえるのは嬉しいです」

今まで友人の結婚式に出席する機会はあった。

彼女達もやっぱり結婚の挨拶に向かう時には、こんな風に緊張したのだろうか。そのあたり、千佳(ちか)に聞いておけばよかった。

家が近づいてくるにしたがって、心臓がドキドキし始める。妙にそわそわしてしまって、落ち着きなく手を握ったり開いたりを繰り返した。

(……大智さんが大丈夫って言うから、大丈夫、大丈夫なはず)

受け入れてもらえなかったらどうしよう——そう思うと少し怖いけれど、ここまで来てしまったら、もう引けないではないか。

助手席で、深呼吸を繰り返した。

どうか、この緊張が、隣には伝わっていませんように。

やがて車は、一軒の住宅の前で停車した。門が自動で開き、そのまま中に進んで奥のガレージに車を停める。車を停める動作はスムーズで、きっと慣れているのだろうなと思った。

いや、慣れていて当然か。ここは、彼の実家である。

「着きました」

「……わかりました」

心臓が口から飛び出しそうだ。自分の恋愛経験値の少なさを嘆いてみても始まらない。

せわしない鼓動をなだめようと、理生はふぅと息をつく。降りようとしたら、運転席から手が伸ばされた。

「そんなに緊張しないでください。両親もあなたを絶対に好きになります」

「そうだといいんですけど」

大丈夫だと理生には言うくせに、大智の顔も少々こわばっているような。

やはり両親に交際相手を引き合わせるとなると、彼でも緊張するものらしい。

「大智さんも、緊張……してます？」

「少し」

やっぱり、彼も緊張していたのか。そう思ったら、ふっと楽になった気がした。

「行きましょう。私、ご両親に認めてもらえるように頑張りますから」

「理生さんなら大丈夫ですよ」

何度目かの同じようなやり取りを繰り返し、大智はインターホンを鳴らした。理生は、その半歩後ろで待つ。

「いらっしゃい、お待ちしていたのよ」

「あなたが理生さんか、まあ上がって上がって」

今までの緊張が何だったのかと思ってしまうほど、出迎えてくれた大智の両親は、理生を歓迎してくれた。

両親の仲がいいという話を聞いていたけれど、たしかにそうかもしれない。

母親の方は白いブラウスに茶色のスカート。父親の方は、白いシャツに茶のスラックス。

色合いは少しずつ違うけれど、二人とも茶色を身に着けている。どことなく、二人の雰囲気が重なって感じられるのは、身に着けている色が似ているからだろうか。

「お邪魔します……」

大智と目を合わせ、かすかにうなずき合ってから上がらせてもらう。

リビングに通され、大智の家がナチュラルな雰囲気でまとめられていた理由を理解した。この家と雰囲気が似ている。

（……ここで幸せに育ったんだろうな）

と視線をめぐらせると、見覚えのある人がそこにいた。知哉である。

そういえば、彼は大智の弟だったから、この場にいてもなんの不思議はない。

「本当に理生ちゃんだったんだ？」

「こんにちは」

知哉と顔を合わせるのは、駅前のドラッグストアで鉢合わせて以来である。あれから彼が店に来たことはない。

「元気だった？　最近どうしてる？」

「変わったことはしてないですよ。たまに遊びに行きますが、たいてい家にいるか、店に出るかですから」

「ああ、兄さんが気に入っていた店か」

大智の父が、ポンと手を叩いた。

なんでも理生の祖父が存命で父が独身の頃、三橋に連れられ一度烏丸を訪問したことがあるそうだ。理生の両親はまだ結婚しておらず、理生なんて影も形も存在していなかった頃だが。

父親の気持ちは一気に溶けたようだけれど、母親の方はどうだろう。にこにことしながら、紅茶を運んできた彼女は、理生に悪い印象は持っていないように見えた。

「それで、どうなの？　お式はいつ？」

(今回は、ご挨拶だけだと思ってたんだけど)

そのあたりの擦り合わせ、まったくしないままここに来てしまった。

理生はそっと隣に目をやる。大智もまだ緊張しているみたいで、膝の上に手を置いたままだ。

「俺としては、一年後ぐらいにできたらいいなと思ってる」

「え？」

そんな話、聞いた覚えがない。

（でも、今から式場探して……ってなると、そのぐらいかかる？）

三橋の関係ならば、「ヴィアジェリコ」になるのだろうか。

「二人の出会いは、お店で？」

「伯父さんに何度か連れて行ってもらったことがあって――その頃から、いい人だなとは思っていたんだけど」

そういえば、大智が敬語を使っていないところに居合わせるのは初めてかもしれない。

先日、店で知哉と会った時にはどうだっただろうか。

三橋と一緒に訪れた時には、親戚とはいえ相手が年長者ということもあってか、敬語を崩さずにいたような気がする。

「あの店、懐かしいよね。昭和って感じ。俺、あの時代には生まれてないけど」

と、知哉が同意する。

「たぶん、店の雰囲気がそう感じさせるんじゃないかな。伯父さんもそこが気に入っていると言っていたし」

祖父が店を開業したのは、昭和の終わり頃。

二十年ほど前にもらい火で全焼してしまい、店を全面的に立て直した時も、創業当時の面影を残すように設計したと聞いている。内装も、なるべく当時に近づけたのだとか。

昭和レトロという言葉が市民権を得るほど、あの時代に惹かれる人が多いのだろう。

理生にとっては日常の一部だが、常連客の中には、このまま店の雰囲気を変えないでほしいと言ってくる人もいるほどだ。

「嬉しいです。久しぶりに来てくださった人が『変わってない』と言うことも多いんですよ」

長年、同じ場所で営業を続けている。

学生時代に通ってくれた人や、社会人になって最初の赴任地がここだったという人もいる。

何十年かぶりでふらりと店を訪れて、祖父が亡くなったことを悼んでくれたり、当時と変わらないメニューに喜んでくれたり。「実家に帰った時みたいだ」なんて聞いた時には、理生まで胸が温かくなった。

「理生さんは一人娘なのよね。ご実家を継がれるの？　結婚してもお仕事は続けるのかしら？」

「そのあたりはまだ、何も考えてないんです」

大智からは何も言われなかったし、理生は結婚後も働く気満々だった。けれど、母親からすると息子の妻が働き続けるのは面白くないかもしれない。

「大智はどう思っているの？」

「理生さんが働きたいのであれば、続けてもらってかまわないし、専業主婦になりたいのであればそれでも——まだ時間はあります。じっくり相談しましょう」

最後は、理生の方に向かって付け足した。

（できれば、仕事は続けさせてもらえたら嬉しいけど）

「……理生さんが来てくださって嬉しいわ。大智のこと、お願いしますね」

ふっと母親が優しい目になった。

どうやら、理生はこの家に受け入れてもらえたらしい。

「理生さん、ちょっと待っていてもらえますか？　部屋から持っていきたいものがあるので」

「大丈夫ですよ」

和やかに顔合わせは終わりを告げて、帰宅の時間となる。

まだ緊張を完全に解いたわけではないけれど、少しだけ肩が軽くなったような気がした。

「ああ、私も大智に持っていってもらいたいものがあったんだったわ」

と、母親がどこかに姿を消し、父親も席を立つ。残されたのは、知哉と理生だった。

（……なんだか、気まずいな）

と感じたのは、他の人がいなくなったとたん知哉の雰囲気が変わったからかもしれない。

以前、偶然鉢合わせた時とも違う雰囲気。

「理生さんは、玉の輿狙いだった？　だったとしたら、大成功だよね」

「……え？」

いきなりそんな言葉を投げかけられて、理生は戸惑った。

知哉とはそれなりに友好的な関係を築いていたと思っていたのに。

「信じてもらえないかもしれないですけど、そういう認識はないですよ。たしかに、裕福な人なんだろうなとは思いますけど、私も働いているし」

「そう？」

「三橋さんが大企業の偉い人だって聞いた時にはびっくりしたし、大智さんがその一族だっていうことに驚いたけど、私の生活ってそう大きく変わらない気がするんですよ」

少なくとも、ブランド品を買いあさるとか、山のようにジュエリーを買うとか、そういう展開にはならないと思う。

（もしかして、私のことが気に入らない……？）

店に悪い印象はなかったとしても、店の従業員と義理の姉とでは大きな違いがあるはずだ。

それとも、あの時連絡先を交換したのは三人だったのに、大智とだけそのあとも連絡を取っていたのが気に入らなかったとか？

（……でも、知哉さんのような華やかな日常は別世界だって思ってしまったし）

あれだけ活発に動き回っている人と理生とでは、生活するペースが根本的に違うと思う。

生活は充実させた方がいいのかもしれないけれど、知哉の生活は理生がついていける範囲を超えて充実している。

「兄さんから聞いてないの？」

「何をです？」

「もし、君と結婚したら――」

と、扉が開いて大智が戻ってくる。知哉は、そこで言葉を切ってしまった。

「……まあいいや。兄さんが後悔しなかったらそれで」

「後悔は、させないように頑張りますね……」

いろいろ含みは持たされたようだけど、理生には、知哉の真意がわからなかった。

最初の予定では、まっすぐ帰宅するつもりだったけれど、なんとなく離れがたかった。それは、大智の方も同じだったらしい。

「家に寄っていきませんか？」

と、誘われたら、理生には断る理由なんてなかった。

「疲れさせてしまいましたね」

「疲れたというか、緊張したというか」

不安そうな目を向ける大智には、苦笑いで返した。

大智の家族はいい人ばかりではあったけれど、緊張しないわけではなかったから。

すっかり馴染んだ大智の家のリビング。ソファに並んで座ったら、一気に疲れが出てきたようだ。

（まっすぐ家に帰った方がよかったかも）

と、ちらりと思ったのは、家ならワンピースを脱ぎ捨ててベッドにダイブしても問題なかったなということに気づいてしまったからだ。さすがにここで、それはできない。

でも、大智の隣は理生を安心させてくれる。帰り際の知哉の言葉に棘があったから、なおさらそう感じられるのかもしれない。

「ご家族の仲がいいんですね」

「そうですね。今でも、四人で旅行することもあります」

店があるので、理生の家では、家族旅行の機会というのは限られていた。だから、今でも家族で旅行する光景というのは想像がつかないのだけれど、成人後も家族旅行するというのなら、たしかに仲がいいのだろう。

（やっぱり、警戒されていただけなんだろうな）

先ほどの知哉の発言については、頭から追い払うことにした。たしかにあの家では理生は異分子なのだろうし、警戒されてもしかたない。

そんなことを思いながら、大智の肩に頭を寄せる。

「理生さん？」

「少しだけ、このままでいいですか？」

「それは、かまいませんが」

こうして、大智に触れているとホッとする。

知哉から思いがけない敵愾心をぶつけられてしまったからだろうか。

結婚の挨拶に行ったら、彼の姉妹から喧嘩を売られたという話は聞いたことがあったけれど、まさか知哉とそうなるとは思ってもいなかった。

大智の手が肩に回された。その手に導かれるようにして、もう少しだけ、彼の方に体重を預けてみる。

キスの予感に身体が期待に震える。

彼とは、何度もキスしてきた。ここでキスしてしまったらもう引き返せない気がする。

（……でも）

このまま彼に身を委ねてしまってもいいのか、という疑問が、理生の中にふつふつと湧き上がってくる。

だけど、今は考えている余裕なんてなかった。

すぐに唇が大智によって覆われたから。そうされながら首筋をそっと撫でられると、それだけで肌がざわめきだす。

もっと深い繋がりを求めて、自然と唇は薄く開いていた。

そこにすかさず舌が入り込んできて、口内を愛撫される。舌先が触れ合うだけで背筋がぞくりと震えた。

「ふっ……ぁっ……」

息継ぎの合間に、思わず吐息のような声が漏れる。

そんな反応を楽しむかのように、舌の動きは大胆さを増した。

いつの間にか背中に回された腕に強く抱き寄せられていることに気づき、胸の奥がきゅっとなる。

「理生さん」

キスの合間に名を呼ばれる。

たったそれだけなのに、身体中に電流が流れたみたいになって、頭の芯まで甘く痺れていく。

唇が離れていって、名残惜しそうな声が漏れた。

「んっ……」

「可愛いですね」

耳元で囁かれ、首筋を指先でなぞられて、身体が小さく跳ねる。大智はそのまま顔を寄せてきて、理生の耳に軽く歯を立てた。

「ひゃうっ……」

突然与えられた刺激に、またもや変な声が出た。

大智は理生の反応に気を良くしたのか、耳への愛撫を続けてくる。耳殻に沿ってゆっくりと舐められ、そこからぞくぞくとした快感が生まれてきた。

「んっ……あっ……」

耳の中に直接響く水音に、理性がぐずぐずに溶けていく。

ようやく解放された時には、もう何も考えられなくなっていた。

頬が熱い。きっと真っ赤になっているだろう。

それを見られたくなくて、顔を伏せたまま目線だけを上向けると、そこにはいつもよりずっと色っぽい表情をした大智がいた。

繰り返し理生の名を呼ぶ彼の声が濡れている。そう感じた。

大智は再び唇を重ねてくる。今度は先ほどのそれよりもさらに深く、激しく求められて、頭がくらくらする。

（どうしよう）

このまま流されてしまうことを望んでいる自分がいる。

身体は快感に素直になり始めていた。

背筋を指が這えば、そこから悶えるような感覚が送り込まれてくる。耳朶を食まれれば、全身に甘い痺れが広がっていく。

そんなに多くないとはいえ、交際していた相手と肌を重ねた経験はある。この先に何が待ち受けているのかも、なんとなく予感はできた。

そっと肩を押されても、抵抗する気はなかった。柔らかなソファが、理生の身体を受け止める。

「あぁっ！」

いきなり大智の手が胸に置かれ、自分でもびっくりするほど甲高い声が出た。

慌てて口をつぐむけれど、大智の手が伸びてきて、口の中に指が押し込まれた。

「んっ、んぅ……！」

長い指が二本、理生の舌を挟み込むようにして蹂躙してくる。同時に、もう一方の手で器用に背中のボタンを外されていく。

指で舌に触れられるなんて、今まで経験したことなかった。

口内を指で探られると、そこからじんじんとしてきて、痒いようなくすぐったいような不思議な感覚が、腰の方へと落ちてくる。

大智はそのまま指を引き抜くと、今度は胸に手を滑らせていった。自分の唾液で濡れた指が肌を這う感覚に、ますますぞくぞくしてくる。

「大智さん……ん、待っ……あ、あぁっ」

思わず拒絶の言葉を口にしてしまうが、大智の動きは止まらなかった。むしろ逆効果だったようで、背中のボタンを外されたワンピースが、そのまま引き下ろされた。

「……あっ⁉」

下着に包まれた膨らみが、空気に触れる。

恥ずかしくて、でもそれ以上にぞくぞくしてしまっている自分に戸惑いながら、なんとか隠そうと身を捩(よじ)る。

「とても綺麗(きれい)ですよ、理生さん」

「……あ、んっ」

身体を捩った拍子に、器用にブラジャーのホックが外される。キャミソールを捲り上げられ、直接肌に触れられた。

「やっ……！　そんなところ触っちゃダメ……っ」

手のひらで、むき出しになった胸を包み込まれる。頂(いただき)が手のひらで潰されると、肌の感度が上がったような気がした。

「んっ……」

指先で乳首を転がすように弄ばれて、思わず吐息のような声が漏れる。

大智の手は大きく広げられ、手のひらで頂を擦り上げながら、胸全体をやわやわと愛撫してくる。頭がぼんやりとしてきて、ただ与えられる快感に身を委ねていた。

「あ……、ぁ……」

理生の唇から漏れるのは、甘ったるい吐息。

ぎゅっと両方の乳首を同時に摘まれた瞬間、身体が大きく仰け反っていた。ビリっと電流のようなものが腰のあたりに流れてきて、身体をくねらせてしまうのを止められない。

「やっ、そこばっかり……」

「ここが好きなんでしょう?」

「ちがっ……」

否定しようとするものの、人差し指で先端をくりくりとこね回され、時々ぎゅっと押し込まれる。その度に理生の身体は面白いようにソファの上で跳ねた。

「あ、んっ、やっ、やめっ……」

「やめていいんですか?　すごく良さそうですけど」

「やっ、あぁっ……」

「もっとしてほしいって顔してますよ。ほら、言ってください。気持ちいいって」

大智の言うとおりだった。もっとしてほしい。疼（うず）く身体をどうにかしたいという欲求に抗えない。

「気持ち……いい……」

認めてしまえば簡単だった。涙混じりに見上げれば、大智と目が合う。彼の目に浮かんでいるのは、今まで見たことのない欲情の色。

「はっ……ん……」

自分だけ服が乱れているのが恥ずかしくて、目を伏せた。すると、それを見計らってか、大智がむき出しになった足を撫で上げる。

腿の内側を思わせぶりになぞられて、理生は息をつめた。

「あ……っ！」

遠慮なく腿の内側に手が差し入れられる。クロッチ部分の中心をそっと撫でられ、自然と腰が浮いた。その隙を逃さず、大智はショーツの中に手を滑り込ませてきた。ぐちゅりと卑猥（ひわい）な音がして、耳まで熱くなる。

「もうこんなになっていたんですか」

「言わないで……」

大智の言葉のとおり、そこはすでに蜜で溢れかえっていた。

恥ずかしさに消え入りたくなりながらも、身体はさらなる快感を求めていて、大智に触れられることを待っている。

「すごい。どんどん溢れてきますね」

「ん……ぅ……」

大智はわざと音を立てるようにして指を動かす。

指の動きは滑らかで、こんなにも濡れているのだと痛感させられる。もどかしくて、腰が左右に揺れた。身体の奥が熱い。この熱を解き放つためにはどうしたらいいのだろう。

「ひっ……ん、あ、あぁっ！」

中に指が沈み込んだ。こういったことはしばらくなかったのに、理生のその場所は、滑らかに指を飲み込んだ。

「やっ、あっ、あぁっ！」

指を出し入れされ、内壁を擦られる度に、理生は高い声を上げて身悶える。

同時に、親指の腹で陰核を押し潰されれば、目の前に火花が散った。

「や、だめっ、だめですってばっ！　……あ、んんんっ！」

「イキそうですか？」

「あ、やっ、わかんなっ……」

わからない。

でも、このままではどうなるのかということだけはわかる。身体中が熱い。頭の芯も痺れていて、思考力が奪われていく。

身体が快感を求めている――この満たされない感覚をどうにかしたくて、自分から腰を突き上げるようにしていた。

もうすぐ、高みが見えてくる。もう少し、あともう少し。

足の先までピンと張り詰め、背中を弓なりにする。

「いいですよ、イッてください」

「あ、だめぇっ！　あーっ！」

びくん、と大きく腰が跳ねた。身体の中を何か大きなものが駆け上がっていく。

「やっ、あっ、ああっ、ああっ!!」

身体が痙攣（けいれん）する。その動きに合わせて、大智の指はなおも内部をぐちゅぐちゅとかき回した。

身体が小刻みに震える。呼吸ができないほどの快感だった。頭の中は真っ白で、何も考えられない。

波が引いても、身体はびくびくと小さく跳ね続けていた。

ようやくそれが静まって、荒い息を吐きながら、理生はぼんやりと天井を見上げる。

全身が怠い。まるで自分のものではないみたいだ。性的な快感のすさまじさを、初めて痛感したような気がした。

「大丈夫ですか」

「……はい」

大智が気遣わしげに声をかけてくる。理生はまだぼんやりとしたままうなずいた。

「すみません、抑えが効かなくなりました」

次の言葉には、首を横に振る。乱れた衣服を直す余裕もない。

このままここで最後まで……？　と思っていたら、大智は理生の衣服を引っ張り上げた。

「本当は、最後までしたかったんですが」

と、苦笑い。

ホッとしたような残念なような複雑な気分になった。

「用意すべきものを、用意していませんでした」

避妊具の持ち合わせがなかったらしい。

たしかに残念ではあるけれど、理生を大切にしてくれている証だと思えば、嬉しかった。それに、その点をおろそかにしないあたりはやはり信頼できる。

「遅くなってしまいましたね。送ります」

「はい」

「行きましょうか。次は――」

意味ありげに言葉を切られて、理生は赤面した。

もう帰らないといけないなんて……と思いつつも、次の約束があるから大丈夫。

それでも名残惜しくて、理生の方から大智に体重を預けてみる。座ったまま抱きしめられて、
自分でも理由はわからないけれど、泣きたいような気持ちになった。

第五章　本当に、結婚してしまったわけですが

（開店に間に合わないかな……？）

ニンジンが切れそうだからと近所のスーパーに走った理生は、店の前で呼吸を整えた。母が看板を出してくれたらしく、もう中に客が入っているようだ。

（平常心平常心……）

大智の両親に挨拶に行ったのは、先週のこと。昨日は、理生の両親に挨拶をしてくれた。報告を受けた二人は驚きながらも、とても喜んでくれた。

三橋の冗談がなければ、交際には至らなかったのだから、挨拶に行こうと話をしている。大智が三橋の都合を聞いてくれるというので、調整出来次第行くつもりである。

（三橋さん、びっくりするだろうな）

なんて、思いながら店の扉を開く。まだ、さほど混み合ってはいない。ほっとしたら、カウンターから三橋が手を振っているのが見えた。

「理生ちゃん、結婚するんだって？」

「いらっしゃいませ。近いうちにご挨拶に行く予定だったんですけど」

「いいよいいよ、そんなの。昨日、大智から連絡はもらったんだ」

にこにことしながら、お気に入りの料理をつまんでいる三橋の姿は、いつもと変わりないように見える。

今日は部下の下柳（しもやなぎ）も甥達も連れてきていないらしい。いつも以上に機嫌がいいと思うのは、理生の気のせいだろうか。

三橋が挨拶は不要だというのなら、本当に不要なのだろう。そのあたりは、大智に任せてしまおうと決める。

「でも、大智かー。ちょっと意外」

「意外ですか？」

「うん。いや、若い人には彼のいいところは伝わりにくいんじゃないかと思って」

「どうでしょう？　私は三橋さんの冗談だと思っていたから」

三橋から紹介を受け、三人と連絡先を交換することになったけれど、知哉（ともや）とは彼の華やかな私生活と自分の性質が合う気もしなかったし、大智との婚約で何やら警戒されている。晃誠（こうせい）とはメッセージを一回交わしたけれど、その後、偶然に会って挨拶しただけだ。

二人とも理生に興味がなかったのだろう。

理生からも積極的に連絡しなかったのは、相手のその気持ちを感じていたからかもしれない。

あの時、何を考えているのかまったく読めなかった大智だけれど、挨拶だけで終わると思っていたメッセージのやり取りが続き、二人で会うようになったのだから縁というのは不思議なものだ。

「あながち冗談でもなかったんだけどね。知哉はちゃんとプライベートでも息抜きしているみたいだけど、晃誠と大智はそうでもなさそうだったから。理生ちゃんみたいな人と一緒になったら、もう少し気楽に生きられるんじゃないかと思ったんだよね」

「そうだったんですか？」

三橋が、そんなことを考えていたとは思わなかった。

三人同時に引き連れてきて、理生に選ばせるようなあのやり方は正直なところどうなのかとは思う。でも、甥達を思いやっての行動ではあったようだ。

理生にしても、遠ざかっていた恋愛に復帰する機会をもらったのだから、ありがたい話なのだろう。三橋のあの行動がなければ、大智とは話をすることもなかっただろうから。

「いつ結婚するの？」

「なるべく早いうちに入籍はしようって話してます」

三橋の前で、こんな話をしているのは不思議な気持ちだ。理生が子供の頃から知っている相手だからだろうか。親戚に対するのとはまた少し違う緊張感。

「そっか。うん、それならよかった」

にこにことしている三橋は、二人の結婚を心から喜んでくれているらしい。父の方を見たら、二度うなずいて見せた。

そして、理生が大智の家に引っ越しをしたのは、次の日曜日と大安が重なった日のこと。荷物が運び込まれたあと、大智と二人で役所に書類を提出し、丸伊(まるい)理生から三橋理生となった。

（……変な感じ）

見下ろした左手薬指には、まだ、結婚指輪ははめられていない。指輪は、これからオーダー予定だ。

なにしろ、大智も理生もそういったことには縁が遠かった。結婚指輪を作る店も、これから探さなくてはならない。

たぶん、そうやって一つ一つ決めていくのもきっと幸せに繋(つな)がるのだろう。

「……今日から、ここが理生さんの家です」

「お邪魔します、じゃなくて、ただいまですね」

何度か訪れたので、もうどこに何があるのか把握している。理生がまず向かったのは、先ほど荷ほどきを終えたばかりの部屋だった。

大智が使っていたのは主に寝室とリビング。

もう一部屋は、荷物置き場と化していたらしい。

客を泊めるための布団一式ぐらいは置かれていたけれど、ほとんど家具もなかった。理生の荷物はひとまずそこに収納だ。

（……なんだか、変な感じ）

クローゼットにずらりと収納された服を眺めて、ここが実家の部屋ではないことに不思議な感覚を覚える。これが、新生活の始まりというものか。

出会った頃は今年の夏は暑くなるのではないかと考えていたのに、あっという間に暦の上では秋である。

もっとも、残暑が厳しくて、クローゼットの中身が秋物一色に変わるのはもう少し先になりそうだ。

「理生さん、何か問題でも？」

先にリビングに向かった大智が戻ってきた。理生が部屋から出てこないのを疑問に思ったようだ。理生は首を横に振った。

「あ、なんでもないんです。実家ではないところに、自分の服があるのって変な感じがするなって見てただけで」

今まで実家の外で一度も生活したことがなかったから、こうして眺めてみてもやっぱり不思議な気分だ。まだ、ここが自分の家だという実感もない。

ここでの日々を重ねていけば、いつかは自分の家だと思えるのだろうか——なんて、少しばかり感傷的になっているような気もする。

「俺は、理生さんがここにいてくれるというのが不思議な気持ちです」

「そう、ですか？」

このくすぐったい雰囲気を表現する言葉を理生は持たなかった。

いよいよ大智と結婚したのだな、と思うけれど理生もまた実感はない。今までとの違いは、もう実家には戻らないこと。

リビングには、少しだけ観葉植物が増えていた。これは、理生の好みで追加してもらったもの。以前も落ち着く空間だったけれど、緑があるとより落ち着ける気がする。

二人並んで腰を下したのは、何度も肩を並べて座ったソファだった。今までと何も変わらないはずなのに。

（なんで……？）

いつになく緊張している。どうして、こんなに身体がこわばるのだろう。

背もたれに置かれた大智の手に、どうしようもなくそわそわしてしまう。そんな理生の気持ちに気づいているのかいないのか、大智は平常心のようだ。

「本当に、引っ越さなくて大丈夫ですか？」

「大丈夫ですよ。だって、これだけ広いんだし」

今日にいたるまでの間に、もっと広い部屋に引っ越しをしようかなんて話も出た。

今の部屋でも二人なら十分なので、引っ越しは後日改めて考えようということにさせてもらった。

「それより、本当によかったんですか？　外に食事に行かなくて」

「外じゃない方がいいです」

くすりと笑った大智に、耳が熱くなるのを覚える。

男性に対する好みというのは、あまり今まで意識したことがなかった。「好みのタイプは？」と聞かれたら、「優しい人かなぁ？」と無難に返す程度で。

けれど、大智に出会ってからは「大智がタイプ」と言ってしまってもいいのかもしれないと考えるようになった。

たとえば背がすらっと高いところだとか、スーツの上からでもわかる均整の取れた体格だとか、切れ長の目だとか、大きくて骨ばった手だとか。

なにより、表情があまり変わらないのがいい——なんて、少しおかしいかもしれない。

彼の表情を読み取ることができる人間は少ないということを考えると、優越感のようなものも芽生えてしまう。

とにかく近頃では、彼の顔を見るとそわそわしてしまうわけで、これで結婚生活をやっていけるのか少し不安を覚えてしまうほどだ。

「俺は、外食でもかまいませんよ」

「えっと、うん。家で、料理してみたいな——って」

婚姻届を提出したあとは、理生の荷物の荷ほどきもしていない状態だったので、まっすぐ家に戻ってきた。

とはいえ、荷物の大半は洋服で、あとは日常遣いのこまごまとしたものだけ。季節外れの品などはまだ実家に置きっぱなしという状態だ。

時機を見て結婚式もすることになっているので、今日はあえて外食はしなくていいかなと思ったのだ。それよりは、今日が二人での生活の始まりだ。

（なるべく早めに、やっておきたいことがあるのよね……）

最初のうちに、擦り合わせをしておきたいと思ったのが味覚だ。

『お父さんと結婚した時は大変でね……味噌汁の出汁に何を使うのか、味噌は何を使うのかから始まるでしょ。それから具材も駄目(だめ)だって言われるものが多くて』

と母が語っていたのを思い出す。

実家では煮干しで出汁を取った味噌汁に、味噌専門店の味噌を使うのが基本だ。

それから、カボチャ、玉ねぎ、サツマイモは味噌汁に入れてはいけないというのもお約束。

母は、サツマイモを入れた味噌汁が好きだったので、新婚当時は揉(も)めたらしい。

結婚生活も三十年近くになれば、そのあたりの擦り合わせは完璧だ。実際、カボチャ、サツマイモ、玉ねぎが味噌汁に入っているのを実家で見た覚えはない。

「じゃあ、買い物に行きましょうか」

理生の荷物をささっと片づけてしまったら、今度は近所の探検だ。

最寄り駅からここまでの道のりは知っているけれど、どこに何があるのかはまったく把握していない。

まだ、午後も半ば。夕食を作り始めるには時間があるからと、近所を案内してもらう。

スーパーは最後に行くとして、大智お気に入りのベーカリーにスイーツショップ、ドラッグストア。これだけ知っていれば、日常の買い物には困らない。

クリーニングは、マンションに来てくれる業者を利用する。

受け渡しは宅配ボックスを使えばいいそうで、いちいち近所のクリーニング店まで運んでいた理生にとってはびっくりするような環境だ。

「……公園がある」

小さな子が、ちょうど滑り台を下りてくるところだった。二歳か三歳ぐらいだろうか。母親らしい女性が下から見守っている。

住宅街の隙間にある公園は、ブランコと滑り台、それから小さな砂場だけ。立派な木が、入り口の両脇に生えている。

「この木は、桜なんです。春には綺麗な花が咲きますよ」

よたよたと滑り台に上った子が、一番上からこちらに向かって手を振る。二人揃って小さく手を振り返すと、きゃっきゃとはしゃいだ声を上げた。

「下りてこないの？」

母親に声をかけられ、楽しげに笑いながら滑り台を滑っていく。ちらりと隣を見たら、大智の目元が柔らかくなっていた。

（……子供、好きなんだろうな）

結婚生活を始めるにあたり、子供はどうするのかという点についても話し合いはした。二人とも、できれば欲しいという考えだったので、意見の一致を見てほっとした。

一人っ子よりは、二人か三人欲しいという話もしたけれど、これればかりはある意味授かりものの面もある。

もし、授からないようだったら、その先も考えなければな――という話もしている。まだしばらくは、二人の生活を楽しみたいけれど。

「そろそろ買い物に行きましょうか。スーパーは近所に二軒あるんです」

自分で料理をするだけあって、近くのスーパーもしっかり把握しているらしい。

片方の店は新鮮な魚の品揃えがよく、もう片方の店は野菜や果物が特に高品質らしい。その他の品には大差がないという話だったので、今日は野菜や果物の品質がいい方のスーパーに行くことにした。

「魚の品揃えがいいのはこちらの店ですね。家からだと、こっちの方が遠いのですが」

「なるほど」

日曜日の住宅街、すれ違うのは理生達と同年代の親子連れが多い。

子供の姿がやけに目につくのは、理生も結婚して子供を産むということを強く認識したからだろうか。

通りすがりにカフェの場所なども教えてもらいながら、今日の目的地であるスーパーへ。

「今日は、ハンバーグの予定でした……よね？」

理生の様子がおかしかったらしくて、大智の口角が少し上がった。

（いつかはこれが、すごくわかりやすくなるのかな）

以前に比べたら大智の表情も読めるようになってきたけれど、三橋の関係者でありながら、女性にはあまり縁がなかったというのは彼の表情がわかりにくく、感情が掴（つか）みづらいところが大きかったのだろうか。

『気が利かない人は嫌いなの』と言い放った女性もいるらしい。

大智がそうであると言うなら、世の中の男性はたいていは気が利かないような気もするのだが。というか、理生も彼ほど気が利かない気がする。

「ハンバーグとポテトサラダ——それから、何にしましょう？」

「野菜スティックにしましょう！　うちの店でも人気です」

たぶん、だらだらしゃべりながら手で摘まんで食べられるというのが、人気の理由な気がする。

鳥丸（とりまる）の野菜スティックは、味噌とマヨネーズがついている。理生は味噌とマヨネーズを混ぜ合わせて使うのもいいと思うけれど、大智はどうだろうか。

「トマトも切りませんか？」

「いいですね。あとはどうしましょう？」

ああでもない、こうでもないと話しながら、異性とスーパーの中を歩くという経験は初めてだった。今までは交際相手に手料理をふるまった経験もなかったし。

「お店の買い出しもしていたんですね。重かったでしょう？」

「たいしたことはありません。まとめ買いの時は、もっと大量に抱えてくることもありますしね」

　理生も荷物を持つと言ったけれど、「持たせてほしい」という大智に押し切られた。小さくて軽いものだけ入れた袋もあったのに。

　てきぱきと手分けして、買ってきたものをそれぞれの場所に片づける。冷蔵庫の扉をパタンと閉じたら、背後に大智が立つ気配がした。

「どうしまし……んっ」

　背後から抱きしめられたかと思うと、ちゅっと首筋に口づけられる。思わず声と同時に肩を跳ね上げた。

　もう一度首筋に口づけられたかと思えば、くるりと向きを変えられる。

「ご飯、作れませんよ」

「……すみません」

　むっと唇を尖（とが）らせたら、大智はばつの悪そうな顔ですっと理生から離れた。

「はじめましょうか」

彼の言葉で、調理開始である。夕食の準備を始めるのは、まだ少し早い時間だけれど。

野菜スティックにする分の野菜は先に切っておいて冷蔵庫に。ニンジンのグラッセとほうれん草のバター炒めをハンバーグに添える。

「ポテトサラダのきゅうりは塩もみするんですね」

「塩もみしなくてもいいんですけど、そのまま入れるときゅうりから水分が出てきてべちゃべちゃになるんです。なので、店でのレシピは先に塩もみします」

「……なるほど」

きゅうりのスライスは、包丁で手早く。

二人並んで料理する光景は、最初にこの家を訪れた時、理生が想像したものだった。それが今、現実になっていると思うと不思議な気がする。

理生の隣で、大智は玉ねぎをみじん切りにしていた。

「玉ねぎのみじん切り、めちゃくちゃ速いじゃないですか！」

「一人分だと、包丁でやった方が早いですから」

店で働いているから、理生も包丁を扱う速度にはそれなりに自信がある。

けれど、大智は理生と同じぐらい速い。大量にみじん切りを作るならともかく、一人分ならこの方が早いのもわかるが、『それなりに自炊』の基準がどこなのかわからなくなった。

「まな板、追加で買っておいてよかったです」

手際よくみじん切りを終えた大智がそうつぶやく。

まな板と包丁も、なぜか何セットか用意されていた。これなら、二人で料理するのに包丁が足りないということもない。

「なにより、ここのキッチン最高です……！」

店の厨房もそれなりの広さがあるけれど、設備が新しい分、こちらの方が使い勝手がいい。

ぱっと目を上げれば、品のいいリビングが見えるのも「結婚した」という感じでにやにやしてしまう。

「味噌汁に入れてほしくない具ってあります？　私は特にないんですけど、実家だと父が嫌いなものは入れられなくて」

「そうだな……ない、かも」

サツマイモも玉ねぎもカボチャも、問題なさそうだ。

「じゃあ、今夜は玉ねぎとワカメでいいですか？　実家だと玉ねぎ入りの味噌汁は駄目で」

「俺はかまわないですよ」

やった、と小躍りしたい気分で、追加の玉ねぎを取り出す。乾燥ワカメは大智が使っていたものが引き出しに入っているそうだ。

味噌汁といえば、大智のプロポーズもどきを思い出してしまい、くすっと笑いがこみ上げる。

「なんだか、楽しそうに見えます」

「楽しいですね！　とっても楽しい！」

「注意力散漫になって、手を切らないようにしてくださいね」

「……はい」

そわそわしているのを、見透かされてしまった。その点は反省しなければと思いながら、味噌汁の準備。

二人でやれば、料理も楽しみの一つだ。理生が教えることなど何一つなく、「きゅうりは拍子木切りに」とか「玉ねぎはみじん切りに」とか言えば、スムーズに対応してくれるのもありがたい。

ハンバーグは、自分で好きなだけ形作ることにして、できた分はトレイに並べていく。

「全然大きさ違う！」

形を作ったら、空気を抜いて、真ん中は少しへこませておく。理生の手と比べると大智の手はかなり大きい。結果として、二人の作るハンバーグの大きさには、かなりの違いが出ることになった。

こんなことでさえ、愛おしく感じられるのだから、恋愛って不思議なものだ。

「焼くのは俺がやります」

「お願いします」

やっぱり不思議だな、と思う。

大智と一緒にいると、どうしてこんなに自然体でいられるんだろう。そのままの理生を受け入れてくれるからだろうか。

他の人になら、気軽にお願いしますと言えなかったような気もする。

「……おいしい！」

ご飯と味噌汁はあとに回すことにして、先にビールで乾杯する。

そんなにたくさん飲める方ではないけれど、理生もお酒は嫌いではない。

「あー、やっぱりちょっと濃かったかも」

ポテトサラダを口にして、理生の口から最初に出たのはそれだった。少し、塩が効きすぎている気がする。

「俺は、おいしいと思いますが」

「おつまみならいいんだけど、普通に食べようってなるとちょっと濃いかなって」

「そうでしょうか」

「家で料理するより、お店で料理する方が多かったから……なんていうか、おつまみ仕様なんですよね」

家庭料理と店で出す料理は、違う味で作るのが理生の家のやり方だ。居酒屋で出す料理だから、どうしても味付けが濃くなりがちになる。

さすがに毎食それはよくないだろうと、家で食べる食事についてはなるべく薄味を心がけるようにと母に言われていた。だが、ついうっかり店の味付けに近づいてしまう。

「あまり味が濃いものを食べ続けるのはよくないって言うし、濃かったら言ってくださいね。言ってもらった方が私もありがたいって思うし」

「わかりました。そのあたりはおいおいと」

野菜スティックは、切って冷やしておくだけ。今日は味噌とマヨネーズだったけれど、次はディップを作ってもいいな、と盛り上がる。

大智が焼いてくれたハンバーグは、完璧な焼き具合だった。

食事の後片付けをどちらがするのかはじゃんけんで。今日は大智がやってくれることになった。

「食洗器があるから、楽ですけどね」

鍋やボウルなどは、料理している合間に片づけておいたので、今洗わなければならないのは使った食器だけ。ほとんど全部食洗器におさまった。

「洗い物はしておくので、お風呂に先に入ってください」

「あ、じゃあお先にいただきます……」

なんだろう、急にそわそわし始めてしまった。

浴室には、理生が使っているシャンプーやコンディショナーと、大智が使っているものが並んでいる。

花の香りが気に入っているラインでボディーソープまで揃えてあるから、これも段ボールに入れて持ってきた。

(……なんだろ、落ち着かない)

どうして、こんなにも落ち着かなくなってしまうのか。

大智とは、出会いはなんだか妙な感じだったけれど、恋愛で結婚にいたったと思っているし、今の状況に不満があるわけでもない。

彼の手が、どれだけ繊細に理生に触れるのかも知っている——そこから導かれる快楽も、ある程度は知っている。

(別に処女ってわけじゃないし、怖いってわけでもないし)

髪や身体を洗っている間に、馴染(なじ)んだ香りに包まれていく。

やっぱり、家で使っていたものをこちらに運び込んでよかった。心臓のドキドキが、少しは落ち着くような気がするから。

「お待たせしましたー」

髪はリビングで乾かすことにして、リビングに戻ると、大智はそこにいなかった。

「あれ？」

まさか、急な仕事で出かけることになったとか？

それならそれでしかたないと思うけれど。

理生がきょろきょろしていたら、大智はスマートフォンを片手に戻ってきた。

「ごめん、電話がかかってきて」

「……いえ、別に。お仕事？」

そう問いかければ、黙って首を縦に振る。今日は休みの日だというのに、仕事の電話がかかってくるなんて大変だ。

「じゃあ、俺も入ってきます」

はぁいと返事をしようとしたら、大智はすっと上半身をかがめてきた。何事かと思っていたら、ちゅっと額に口づけられる。

「わっ！」

「そこ、そんなに驚くところ？」

「びっくりはしますって……！」

ごにょごにょと言ってしまったのは、我ながら往生際が悪かったかもしれない。

なんとなくではあるけれど、そういう形での愛情表現をする人ではないと思っていたから。

（……びっくりするなあ）

浴室に消える彼の後ろ姿を見送りながら、今、口づけられたばかりの額にそっと触れてみる。

本当に、驚いた。でも――心臓がドキドキしているのは気のせいじゃない。

『結婚生活一日目はどうよー？』

『うーん、どうなんだろ。ドキドキはしてる』

髪を乾かし終えたところで、千佳からメッセージが入っているのに気づく。ドキドキはしてるって、もう少し言葉の選び方があるだろうにと思いながら、送信ボタンをタップした。

『大事にしてくれそう？』

『それはもう。こんなに大切にされてしまっていいのかなって思うぐらい』

大智との時間は、理生にとってかけがえのないものになっている。

デートに出かけた時だけではなくて、きっと、今日みたいな夜も大切なものになるだろうという予感がする。

理生の世界はさほど広くないけれど、理生のその世界も大切にしてくれそう――なんて言ったら、彼はどんな顔をするのだろう。

『それならいいんだ。旦那様によろしくね？』

「はーい」と、可愛いキャラクターが手を振っているスタンプを選んで送る。近いうちに、また会う機会もあるだろう。

「待たせてしまいましたか？」

「いえっ、そんな」

声をかけられて、思わず飛び上がりそうになった。風呂上りの大智は、いつになく無防備に見えた。髪をセットしていないから、だろうか。

（……こういう時、どうしたらいいんだろう）

どこを見ればいいのかもわからなくて、視線を落とす。

「理生さん」

名を呼ばれ、理生はこわごわと顔を上げた。

いつの間に距離をつめたのか、すぐそこに大智の顔がある。その距離の近さにどぎまぎしているうちに、彼の腕が背に回された。

「あ……」

頬を染める間もなく、唇が塞がれる。

柔らかな感触を確かめる暇もなく、それはすぐに離れた。

名残惜しさを感じる前に再び唇が重ねられる。鼻から甘い声が漏(も)れた。理生の方からも、大智の背中に腕を回す。

背中に回された腕に力が入り、ますます強く密着させられる。

そうしながら、大智は理生の唇を舌でなぞった。

促されるまま口を開けば、濡(ぬ)れた熱い舌が侵入してくる。おずおずとそれを受け入れれば、たちまち絡め取られてしまった。

重なる唇の感触だけで甘い呻(うめ)きが漏れてしまうのに、歯列の裏まで丹念に探られる。口内を余すところなく舐(な)められて、理生はその心地よさに酔いしれた。

「……ん……ふぅ……」

ようやく解放された時には、すっかり腰が砕けてしまっている。

大智に支えられていなければ、その場に座り込んでいたかもしれない。荒い呼吸を繰り返していると、背筋をすっと撫(な)でられた。

「あっ……！」

指がかすめていった場所から広がるのは、ちりっとした快感の兆(きざ)し。

身体を支えるのがますます難しくなってくる。懸命に彼の身体に縋(すが)りつくと、理生の背中を彼の手が這う。

背骨の形を確かめようとしているみたいに、一つ一つ親指でなぞられて、ぞくりと肌が粟立った。

「理生さん、これは嫌ですか？」

耳元に吐息がかかる。囁かれた言葉は、ひどく掠れていた。無言のまま首を横に振る。

背筋から流れ込んでくる官能の予感も、その感覚が肌をざわめかせるのも嫌ではなかった。

「俺だけのものだ」

その響きだけで、理性が崩れていく。そう、結婚したのだ。

熱に浮かされて潤んだ瞳を向けると、大智もまた余裕のない表情をしているように思えた。

「寝室に、行きますか？」

真摯な表情で問われて、今度は首を縦に振る。言葉にはできなかった。

今日、彼と結婚したのだ。この先に何が待ち受けているのかちゃんとわかっている。

「あっ」

不意に膝裏に手を差し入れられたかと思ったら、軽々と持ち上げられる。横抱きにされて焦った。

「あのっ！　自分で歩けるから……下ろしてください！」

「駄目です」

きっぱりと言われて、反論の余地を失う。

このまま運ばれるのは違うと思うけれど、暴れて逃げ出すのはもっと違う。

（……どうしよう）

戸惑う理生を大智は艶（つや）っぽい視線でじっと見下ろした。

「今日はもうあなたを離さないって決めたんです。だから、このまま運びます」

有無を言わせない口調だった。大智がこんな口調を使うのは、初めてかもしれない。

横抱き、つまりお姫様抱っこの形で運ばれてわかる。理生を軽々と持ち上げるだけの力があるということも、彼の身体が鍛えられているということも。

結局、おとなしく運ばれるしか理生の選択肢はなかった。

大智の肩に頭を預けたら、少しだけ速く感じられる鼓動が理生にも伝わってくる。

こちらもドキドキしてきてしまった。

そういえば、外国には結婚式のあと新郎が新婦を抱き上げて新居に入るという習慣があったのではなかったか。まだ結婚式は挙げていないけれど。

寝室に理生を運び込むと、大智はそっとベッドに理生を下ろした。そのまま続いて彼も乗ってくる。スプリングが小さく軋（きし）む音がして、背筋がぞくりとした。

急に息苦しくなったみたいだ。視線をそらしたら、抱きかかえるようにして優しくベッドに押し倒された。

そのまま覆い被さってくる大智を見上げる。長い指が伸びてきて、理生の髪をかき上げた。

しばし、無言のまま見つめ合う。視線をそらすことはできなかった。

理生を見つめる彼の目には愛情が溢れているような気がして、胸の奥からじんわりと喜びがこみ上げてくる。

ゆっくりと顔を近づけてきた大智に、目を閉じることで応えた。

「んっ……」

そっと触れて離れるだけのキス。かと思えば、また唇が重ねられた。啄まれる度に唇が痺れて、全身の力が抜けていくみたいだ。

「好きですよ」

唇を合わせたまま囁かれる。甘く響く声に、鼓動が跳ねた。んなにもストレートに気持ちを伝えられたことがあっただろうか。

ついうっかり目を開いてしまい、至近距離で見つめ合う。

好き――彼は、理生のことが好き。

「私も、好き……です」

消え入りそうな声でそう答えるのが精一杯だった。恥ずかしくて顔を隠すように横を向くと、大智の手が頬に触れる。

その手で上向かせられて視線を合わせると、大智の口角が上がったように見えた。

「可愛いですね」

その言葉の意味を理解する前に再び唇を奪われる。角度を変えながら啄まれ、ぬるりと舌が入り込んでくる。

「ん、ふ……」

吐息を漏らせば、それを飲み込むように深く重ねられる。

舌を絡め取られ、吸い上げられ、歯列の裏をなぞられ、上顎を撫でられる。くすぐったくて甘えた声が漏れた。

舌の絡み合う音が耳の奥に響く。

舌を擦りあわせる愉悦。どんどん体温が上がってくるようで、大智の背中に腕を回してしがみつく。理生の反応に気をよくしたのか、大智はより大胆に口内を蹂躙(じゅうりん)してきた。

「ふ、ぅん……」

理生も必死で応えようとするが、うまくできているかどうかわからない。

絡まる舌から流れ込んでくる感覚が、じわじわと疼(うず)くような熱に変わって理生を悩ませる。

キスだけじゃ足りない。

そんな風に思うなんてどうかしている。

腰のあたりに揺蕩(たゆた)うむず痒(がゆ)いような、切なくなるような感覚が体温を上昇させる。

やがて、ゆっくりと唇が離れていく。物足りなくて、追いかけるように顔を上げたけれど、大智は悪戯(いたずら)っぽく笑って離れてしまった。

「あ……」

キスだけで蕩(とろ)けてしまった理生を満足そうに見つめると、大智は首筋に顔を埋めてくる。ちりっとした痛みが走った。痛いのに気持ちいい。

自分の喉首を見せつけるように顎を上に反らせると、もう一度そこにキスされる。再び襲い掛かってくるちりっとした感覚。きっと跡になってしまっている。

大智の手が、そのまま胸へと伸びてきた。理生の乳房は、彼の手にすっぽりとおさまってしまうほどの大きさだ。

パジャマの上から覆われ、手のひらで押し上げられては、指先で頂(いただき)を撫で下ろすようにと、彼の手は自在に柔らかな膨らみを弄(もてあそ)ぶ。

「あっ……ん、あぁ……」

服の上からの刺激に、もどかしさが募っていく。もっと直接的な刺激が欲しくて、理生は無意識のうちに腰をくねらせた。

「どうしました？」

わかっているくせに、とぼけたようにそうたずねてくる。理生はふるふると首を振った。

「……そうですか」

言えないとわかっているのに、大智は意地が悪い。パジャマのボタンを上から順に外していけば、素肌がさらされた。

「あっ……」

身を捩り、少しでも隠そうとする。その仕草が余計に煽情的に見えることを、理生は気づいていなかった。

「ああ、すごく綺麗です」

彼の目は、もうパジャマの布地に隠されていない理生の肢体に釘付けだった。しっとりと汗ばんだ肌と、理生の動きにつれて揺れる胸。

彼の視線がどこに向いているかわかるから、ますますいたたまれない気持ちになる。

むき出しになった乳房に唇が落ちた。

「……あっ」

優しく揉みこまれながら先端を舌でつつかれ、腰が跳ねる。理生が身を捩るのに合わせるように、舐め上げたかと思えば、唇で柔らかく咥（くわ）えられた。

「ああん……、あ、あっ」

胸の頂は痛いほどに張り詰めている。大智はそれを口に含むと、きつく吸い上げた。唇で食（は）まれ、舌先で転がされる度に甘やかな痺れが全身に広がっていく。

反対側の胸に手が伸びる。ひっかくように指で刺激され、ぷくりと膨れたところで押し潰すように摘まれる。

「あっ……ああん、んっ」

同時に責められて、理生は甘く啼（な）いた。快感をどうにか逃がそうと、背筋をしならせる。

彼の唾液で濡れた肌が、空気に触れてひんやりする感覚さえ心地いい。

いつの間にか、パジャマのボタンはすべて外され、腕が袖から抜かれていた。首を振れば、放り出されたパジャマが頬に触れる。

身体全体が重い熱をため込んでしまったようで、自由に腕を動かすこともできない。

は、と息をついたら下肢に大智の手が伸びてきた。

「あ、ああ……」

あさましいくらいに期待に満ちた声が漏れてしまった。こんな刺激だけでは足りない。もっと触れてほしいと願う。

大智の手が、パジャマの内側に入り込んできた。下腹部を撫で、そのまま指が腿の付け根をなぞる。

「んんんっ!」

そのすぐそこにある場所がひくりとした。愛蜜が溢れだしたのを自覚する。

自覚してしまえば、ぞくぞくとした悦楽がお腹の底から這い上がってきた。膝を擦り合わせて手を拒もうとするけれど、彼の方が速い。

下着越しに、指が的確に花弁の合わせ目を撫で上げる。びくんと肩が跳ねた。

「やぁっ……ん、ああっ」

腰を捩っても逃れられない快感に、理生はいやいやと首を振った。

快感をどこかに逃がそうとしても、逃がす場所なんてどこにもない。下着越しのまだるっこしい愛撫に、思考がぐずぐずに溶けていく。

無意識のうちに腰を浮かせていた。直接触ってほしい、もっと強い刺激がほしいと身体が訴えている。

それなのに、大智の手は布地越しにしか触れてくれない。

じれったくて、涙がにじんできた。ぷくりと膨れた淫芽を、なおも下着越しに擦り上げられる。

「あっ、ああん……やっ、あぁ……」

理生は嬌声を上げた。身体の芯が熱くなり、きゅんと切なく疼く。

もっと刺激が欲しくて、思わず腰が揺れてしまう。

昂（たか）ぶった身体には、まだるっこしい愛撫でさえも新たな快感の燃料でしかない。

「ん……あぁっ……大智さ……ん、あ、あぁっ！」

敏感な場所から広がる疼きに、握りしめた手に力が入る。

まだ、直接触れられたわけではないのに——それなのに。

「——あぁぁっ！」

内腿がぶるぶると痙攣し、脚の先までピンと張り詰めた。頭の中で、白い光が激しく点滅する。

甘い疼きが、全身を駆け巡り、ぶわっと身体が一気に浮き上がる。

直接触れられたわけでもないのに、達してしまった。

思う存分快感に浸った理生の身体がくたりと弛緩する。

荒い呼吸を繰り返していたら、そっと額に口づけられた。

「待って……」

思わずそう口にしていた。まだ、身体の熱は引いていない。けれど、大智は待ってくれるつもりはなさそうだった。

ショーツとパジャマがまとめて足先から抜かれていく。肌を布が滑る感覚にも、また新たな愉悦を覚えてぞくぞくした。

「やっ、だめっ……」

膝を擦り合わせようとするけれど、絶頂を味わったばかりの身体は思うようにならなかった。

容赦なく膝を割り開かれ、秘めておくべき場所に視線が注がれる。

ただ、見られている。

それだけなのに視線が触れた場所から、じくじくとした疼きが広がっていくみたいだ。

大智が、花弁に指で触れる。溢れた蜜を掬(すく)い取るように指が動く。

それだけで、理生はまたも身体を跳ねさせた。

「あっ……あ、あぁっ」

ぬるりとした感触が淫芽に絡みつく。舌で敏感な場所を刺激されている。また、理生を追い上げようとしているみたいに舌の動きが激しさを増した。

「あ……ん、あぁっ！」

溢れる蜜をすべて舐め取ろうとしているみたいに舌がひらめく。舌で硬くなった淫芽に触れられると、身体が跳ねてしまうほどの刺激に襲われた。

「あっ、あぁん……、やぁ……んっ」

悦(よろこ)びに蜜が溢れると、ぐっと指が押し込まれた。

感じすぎた身体に容赦なくさらなる快感が押し寄せて、あっという間に目の前が快感一色に染め上げられる。

「んん、あっ……だめって……言った、の、に……！」

強すぎる快感に、理生はのたうちながら喘いだ。

大智の指が、弱いところばかりを執拗に刺激している。身体の芯が熱くなり、再び押し寄せてくる悦楽の波。

「あっ……ああーっ！」

返事の代わりにすっかり硬くなった淫芽を舌で弾かれ、中で指を折り曲げて内壁を擦り上げられる。背中をしならせた理生は、もう一度身体を痙攣させた。

二度目の絶頂は、一度目よりも長く深く続いた。思考が快感一色に塗り潰されてしまい、まともに声を出すこともできなくなる。

それでも大智は指を動かすのをやめようとしなかった。

「や、あ、あっ」

感じすぎた身体に容赦なくさらなる快感が押し寄せて、理生にできるのはただ喘ぐことだけ。

指の動きに合わせるみたいに、短い声が上がる。

「可愛い。感じている理生さんはすごく可愛いですよ」

大智が、何を指してそう言っているのか理生にはわからなかった。こんなにみっともないところを見せているのに可愛いなんて。

「好きです」

その一言だけは、はっきり聞き取ることができた。

「……私も」

そう返したけれど、彼に伝わっただろうか。

大きく開かれた膝の間に、再び彼の顔が沈み込む。

蜜をすすられ、淫芽を舐めしゃぶられる。

わざとなのかそうでないのか、くちゅくちゅと水音が響く。そうしながら、さらに指が追加された。

蜜にまみれた花弁を舌と指でかき回される。水音が激しさを増し、聴覚から犯されている気がしてくる。

溢れた蜜と唾液を塗り込めようとしているみたいに、敏感な花芽を舌で転がされる。

内側を指で擦り上げられ、外は舌でくすぐられ、快感が二重三重になって襲い掛かってくる。

気持ちよさに息が詰まりそうになった。

「ああん、あ……や、あぁんっ」

唇で淫芽を挟み、ちゅっと吸い上げられた。

ひときわ大きな愉悦に、また絶頂に放り上げられた。

達する度に、鋭く深くなっていく悦び。もうすっかり馴染んでしまった次の絶頂の予感に、理生は唇を震わせた。

下腹部からぐっと背筋を這い上ってくる強烈な快感。続いて嬌声が響く。

指が引き抜かれ、どろりとしたものが後を追う。すごい、と大智がつぶやいた気配がした。

こんなにも淫らな反応を示すなんて。

「私ばかり……いや……」

「まだ、我慢できますから」

大智の唇に笑みが浮かぶ。気遣ってくれているのは嬉しいけれど、理生だって彼にも気持ちよくなってほしいのに。

自分の口からねだるのは恥ずかしかったけれど、当たり前のように理生の口からその言葉は零れた。

「……お願い。来て」

大智が、自分のパジャマに手をかける。気が急いているみたいに、彼は身に着けていたものを脱ぎ捨てた。

服の上からでもわかるほど、彼の身体は鍛えられていた。

どくどくと脈打つ昂ぶりに、手早く避妊具がかぶせられる。その間もずっと、視線をそらすことができなかった。

「本当に、いい？」

「来てください」

理生の身体は、快感を得ることを知っている。

立ち上がったそれが、花弁の間にあてがわれた。

苦しさを覚えているわけではないが、勝手に眉が寄る。薄いゴムの膜越しでも感じ取ることのできるたぎる熱の感覚。濡れそぼった隘路を押し開く巨大な質量。

潤んだ蜜壁をジュクジュクとかき回され、理生は甘い吐息を漏らした。

「あ、あぁ……ん、んっ」

ゆっくりとした抽挿が繰り返された。じりじりと押し広げられ、そしてじりじりと引き抜かれる。

指とは比べ物にならないほどの圧倒的な存在感と、内側を擦られる刺激に、甘い声が零れ出た。

「あぁ、あ、あぁっ」

大智は動きを変えることなく、ゆるゆると腰を動かし続け、理生の唇からは絶え間なく喘ぎが零れる。

そうしながら彼は手を伸ばしてきた。指先が胸の頂を摘まみ上げる。敏感になった身体はそれだけの刺激にも反応してしまう。

「――あぁあっ」

繋がった場所から送り込まれる愉悦と、摘まれた胸の頂から流れ込む快感。複雑に絡み合った官能が、ますます理生を昂ぶらせる。

「あっ、あ、んっ……あぁっ」

抽挿のスピードが少しずつ上がっていく。

激しくなる律動に、理生は大智の背中にしがみつくようにして身悶えた。彼を受け入れた場所は、ぐっしょりと濡れそぼり、その形にぴったりと吸い付いている。

彼が腰を突き入れる度に、肌のぶつかり合う音と淫らな水音が理生の鼓膜を刺激する。

高々と上がる声も、左右に揺れる身体も理生の思うようにはならない。それは、大智も同じだった。

「あっ、あぁっ……あ、あぁん」

理生の身体がしなる。今度はもっと強く感じさせられる予感がした。

奥深くを穿たれ、身体の芯が痺れるような快感に襲われる。もうずっと目の前は白く霞んでいるのに、さらに遠いところまで連れて行かれそうだ。

「理生さんっ……俺も……」

その声音からわかる。大智も感じてくれている。理生は、快感を受け止めながら彼の身体に足を絡めた。自然と腰を揺らす形になる。

「――あっ、あ……ん、あぁーっ！」

頭の奥で火花が散ったような錯覚を覚えた。身体の芯から駆け上ってくる快感の波に飲み込まれる。こちらを見つめる余裕のない大智の顔。

大きくて熱い大智自身が引きずり出され、内壁すべてに擦りつけるようにしながら再び奥まで突き入れられる。

「あぁ、あ……や、だめっ」

達したばかりの身体は、いつもよりずっと敏感になっている。あっという間に次の絶頂へと押し流される。

大智の身体にしがみつき、理生は愉悦に身を委ねた。もう難しいことなんて考えられない。繋がる快感を貪ることしかできなかった。

「理生さん、俺っ」

ぐっと奥に突き入れられ、そのまま小刻みに揺すられる。

薄い膜一枚隔(へだ)てていても、彼の熱さは感じられる気がした。

ぐっと強く押し込まれ、彼が動きを止めた。小さく呻(うめ)くような声と共に、理生の中でそれがびくびくと震えているのを感じる。

彼も達してくれたのだとそれで知った。身体中が重い。

「理生さん」

名前を呼ばれ、視線を向けると大智が覆(おお)い被さってきた。

大きな手のひらで頬を包み込まれ、口づけられる。その仕草だけで、愛されていると実感した。

「……はい」

「もう一回……いいですか？」

ぴたりと密着されると、大智の下半身が再び硬さを取り戻したのがわかる。

身体は重たかったけれど、理生は笑って大智に身体をすり寄せた。

第六章　最高に素敵な誕生日です

結婚前に二人で話し合った結果、理生(りお)は当面仕事を続けることになった。とはいえ、遅くなるのもあまり好ましくない。

理生の勤務時間は昼をメインにすることになった。子供ができたら仕事を辞めることになりそうだが、店は理生が継がなくても、父親にあてがあるというから問題ない。

理生の部屋は、昔のまま実家に残されている。店に出る時の支度もそこですることになった。そのため、仕事用の衣服は店に残してある。

「おはようございまーす！」

自室で着替えてから店に出たら、もう開店の準備はほとんど終わっていた。理生に任されるのは、ランチタイム目当ての人の接客である。

「あ、新しいランチ今日からだっけ？」

「揚げ物の種類増やしてほしいって頼まれてね。とりあえず期間限定で」

以前はなかったミックスフライ定食が、メニューに追加されていた。

唐揚げランチと、唐揚げ&白身魚のフライのランチ、日替わりランチ二種類の四種類。そこにエビフライ&白身魚フライのメニューが追加されている。

かつてエビフライをメニューに入れていたことはあったけれど、あまり売れなかったのでやめてしまったと聞いている。今回は定着するのかどうなのか。

「あまり手伝えなくてごめんね？」

電子決済を使う人も増えたけれど、現金派もこの店にはまだ多い。釣り銭をレジに入れながら、理生はなんとなく口にした。

理生が望むなら、夜も手伝って大丈夫だと大智は言ってくれた。

彼の家事能力は理生と匹敵するか下手したら理生より上。理生が忙しければ、彼はどんどん家事をやってくれるだろう——けれど。

(朝ごはんを作ってもらっているだけでも申し訳ないのに……！)

宣言どおり、朝の味噌汁どころか朝食は完璧に彼にお任せだ。朝からがっつり食べたい派だそうで、基本的には朝は和食。休日にはパンになることが多い。

閉店まで店で仕事をしていた頃と比較すると、理生の帰宅は早いし、就寝時間も早い。けれど、朝の弱さというのは変わらなくて、結局お任せしっぱなし。

「昼間いてくれるだけで違うわよ。それに、いつまでも続けられないのもわかっているでしょう？」

「それは、そうなんだけど」

朝起きられないと困るからという理由で、実家の仕事も減らしてもらったのに――なんだか、自分に自信がなくなってしまう。

理生のそんな面も含めて、彼は大事にしてくれているとは思うけれど。

他の家事は今のところだいたい理生に任せてもらっているから、それで十分だと思えばいいのだろうか。

「それで、結婚生活で何か困るようなことでもあるの？」

「特にない、かなぁ……」

大智の仕事は忙しいけれど、今のところ喧嘩になったことはない。

理生の作ったものはなんでもおいしいと褒めてくれるし、掃除や洗濯に不満を漏らされたこともない。

休日はできる限り一緒に過ごすようにしているし、外に遊びに行ったり、家でのんびりしたり、ランチだけ近所の店に食べに行ったり。

充実した生活を送っていると言えるだろうし、生活そのものに不満はないのだ。

もちろん、大智の理生に対する対応に不満があるわけでもない。

（……でも、何か申し訳ないような気がするというか）

大智ならもっと素敵な女性がいたのではないかという気持ちは、どうしたって消し去ることができない。彼と近づくきっかけが「どの子にする？」という三橋の一言だった、というのもそれに拍車をかけているのかもしれない。

（そのあたりは、自分で折り合いをつけるしかないんだろうけど）

こういう気持ちは、誰かに告げたところで変わるようなものではないと理生は思っている。これは自分で解決しなければ。

忙しいランチタイムが終わり、交代で昼食を取る。それから、夕方からの営業の準備。

今日は開店から続く忙しさが落ち着くまでは店にいる予定だ。あらかじめ夕食はある程度仕込んでから来たし問題ない。

「理生ちゃん、結婚したんだって？」

「おめでとう！」

「ありがとうございます！　でも、しばらくお店の仕事は続けるつもり」

開店と同時にやってきた常連客達が、理生に祝福の声をかけてくれる。

なにしろ、理生が生まれた時からずっと知っている人達だ。

入学祝いや卒業祝いをいただいたこともあるし、こちらから誕生日のプレゼントを贈ったこともあるそんな仲。親戚同様の付き合いをしている人達ばかり。

理生が家を離れるのを寂しがっているのもわかるけれど、それ以上に結婚を喜んでくれているのが伝わってくる。

「旦那さん何してる人？」

「普通に会社員ですよー」

嘘（うそ）は言っていない。普通に会社員として働いている。

大企業のトップが伯父であるという点においては普通ではないかもしれないけれど、彼自身の仕事には直接関わっていないようだ。

「お祝いしなくちゃねえ」

「お気持ちだけいただきますねー」

孫娘が結婚した時のような勢いでお祝いをさせてしまうのも申し訳ない。気持ちだけいただく、と返しておく。両親がそのあたりは上手に対応してくれるはず。

注文を取り、料理や飲み物を運び、空いた皿を片づけ、会計をして――ときりきり働いていたら、あっという間に第一陣が引き上げていく頃合いだ。

ここから飲み直しで流れてくる人も多いが、店は一度落ち着きを取り戻してくる。

「そろそろ上がったらどう？」

「うん。そうさせてもらうね」

とりあえず残されていた食器だけ洗ってふせておく。

母から、「夕食のおかずに」と総菜を分けてもらって帰宅することにした。

（……やっぱり好きだな）

大智との新しい生活もわくわくするけれど、生まれてからずっと理生を育んでくれたこの店も好きだ。

きっと、この店で働くことがなくなったら、寂しい思いをするだろう。それも受け入れなければならない変化なのだと思う。環境に応じて、理生も変わっていかなければ。

帰宅しようと店を出たところで、向こう側から久しぶりに顔を合わせる人が歩いてくるのが見えた。三人引き連れてやってきたのは、理生と大智の結婚に一役買った三橋である。

「久しぶりだねえ、元気だった？」

「はい、元気にしてました」

三橋が連れている三人のうち、一人は晃誠（こうせい）だった。

他の二人も、以前店を訪れたことがある人物だ。そういえば、奥の小上がりは使わないように言われていた。たぶん、三橋達が使うのだろう。

「大智はどう？」

「元気ですよ。ものすごくばたばたしている感じはしますけど」

先日入籍したという報告は、大智から三橋の方にもいってるはず。

タイミングを合わせて挨拶に行こうという話はしていたけれど、まさかここで会うとは思ってもいなかった。

「うんうん、よかった。大智は表情があまり変わらなくて、何を考えているのかわからないなんて言われることもあるけど、とても優しい子だから……って、そんなことはもうわかってるよね」

「……幸せです」

ちょっと微妙な反応になってしまったけれど、目の前にあの時「どの子にする？」と言われたうちの一人がいるので、理生もどう反応したものか困惑した。

幸せオーラ全開なのも少し違うと思うけれど、幸せなのは事実だし。しかも、その幸せを運んでくれた人は目の前にいるわけで。

「――おめでとう」

「ありがとうございます」

にっこりと取り繕って返したけれど、祝いの言葉を贈ってくれたにしては、晃誠はちょっぴり面白くなさそうだ。理生に本気だったようには見えないけれど。

「じゃあ、またね。そのうち家で会おうね」

「あ、はい。その時にはよろしくお願いします」

三橋にぺこりと頭を下げ、彼らの脇を通り過ぎて、駅の方に向かう。

(そういえば、時々親戚で集まるって言ってたっけ)

大智が言うには、三橋は甥や姪とその配偶者を集めるのを好んでいるらしい。

タイミングが合えば参加するし、合わなければ参加しない。そういう気楽な会なのだそうだ。

とはいえ、仕事の話がその場で出ることもあるそうで、三橋エンタープライズの関係企業で働いている人は、参加することが多いらしい。

(私は、毎回参加しなくてもいいかな……?)

親戚づきあいは大切にしたいと思うけれど、毎回理生が参加するのは違う気がする。仕事についても、まったく関係のないところで働いているし。

それに、居心地が悪いと言えば悪い。三橋に悪気がなかったのはわかっているし、ありがたい話だとも思う。

だけど、あの時、三人同時に引き合わされた。

メッセージの交換から始まって交際、結婚へと進んだのは大智だけだったけれど、もしあの時、知哉と晃誠もぐいぐい来ていたとしたら、理生が選ぶ立場になってしまうところだった。晃誠も知哉も、まさかあの発言から大智と理生が付き合うことになるとは思ってもいなかっただろうけれど――。

(深く考えてもしかたないか)

たぶん、居心地の悪さというのは、少しずつ薄れていくはず。今は、結婚生活を軌道に乗せることを考えた方がずっと建設的。

(明日は、私はお店に出ないでいいから……)

今日手を回せなかった分の家事を頑張ろう。それから、明日の夕食には少し手の込んだものを作るのだ。

味付けが、濃くなりすぎないよう、注意だけは忘れないようにしよう。

◆　◆　◆

交際から結婚にいたるまでの期間が短かったからか、大智は理生と出かけることを好む。理生も外出は嫌いではないし、彼が思いがけない面を見せてくれるのも嬉しい。

二人で、一緒に食事を作ることもある。少しずつ、『家庭の味』を作っていくその過程も理生は楽しんでいた。

大智が口を開いたのは、二人で作った夕食を終え、ソファに移って食後のお茶を飲んでいる時のことだった。

「そろそろ誕生日だと思うのですが、理生さんは、プレゼントは何がいいですか？」

「プレゼント？」

そういえば、理生の誕生日は十一月の始めである。

大智の誕生日は来年の春。彼の誕生日は気にしていたけれど、自分のことは気にしていなかった。

「特に欲しいものはない、でしょうか……」

友人から誕生日プレゼントをもらうことはあったし、店の常連からいただくこともあった。

けれど、大智からもらうというのはすっぽりと頭から抜けていた。それはもう見事にすっぽりと。

「困りましたね……女性の好むものはよくわからないので。ならば、最初から聞いてしまおうかと——理生さんの好むものがわかればよかったんですが」

「……そんなの」

妻の好むものがわからないなんて、愛されてないと言う人はいるかもしれない。

たしかに過去に交際していた人がいたという話は聞いているし、理生にも恋人ぐらいいたことはあったのでそれはお互い様。

とはいえ、真正面から素直にわからないと言う必要もないわけで。

大智のそういうところを含めて好きだな、と思うのは理生なのだから、相性がいいということなんだろう。

「……困りましたね」

「物欲がないわけじゃないんですけど」

生活に必要ないから買わないだけで、可愛いものも好きだし、綺麗なものも好き。小さな人形を集めて部屋に飾っていることもある。

今の生活に満足しているから、特に欲しいものがないというだけのこと。

「んー、旅行には行きたい、かもしれません」

「旅行ですか?」

「新婚旅行は来年でしょう? でも、その前にも一度行ってみたいなって。今まで、行く機会があまりなかったんですよね」

家族旅行の記憶はほとんどない。

実家は店を経営していたから、家族で旅行に行くと店を閉めるしかない。だが、両親はそれをよしとしなかったし、理生もそういうものだろうと思ってきた。

大学に入学してからも、短期の旅行なら友人と一緒に行くこともあったけれど、実家で働くようになってからは、友人とも時間が合わなくなってしまった。

「休みを取って旅行に行くこともできたとは思うんですけど……私だけ遊びに行くのも何か違うというか、そんな気がして」

結局、大学を卒業してから旅行に行ったのは一度だけ。

それも、遠方で結婚式を執り行った友人の結婚式に参加したついでに一泊延長して観光するというもの。旅行らしい旅行とは縁がなかった。

「箱根（はこね）、伊香保（いかほ）、熱海（あたみ）……このあたりも行ったことないんですよね。草津（くさつ）は大学生の時に一度行ったんですけど」

東京（とうきょう）から一泊で行けそうな温泉地に宿泊したこともほとんどない。

家族で旅行する機会はめったになかったから、そのめったにない機会には張り切って遠出していたというのもその理由だ。

「理生さんはどこがいいですか？」

「今あげた中なら、箱根、かな……」

美容院で髪を切っている時に読んだ雑誌の特集が、たまたま箱根だったのである。一度行ってみたいと前から思っていた。美術館をめぐるのもいいだろうし、温泉にも入りたいし。

「それなら箱根にしましょうか」

「……でも、大智さんは何度も行ったでしょう？」

理生とは違い、旅行には制限がなかったはずだ。きっと、箱根にも何度も泊まったことがあるに違いない。

「行ったことがないとは言いませんが――伯父が別荘を持っていたので、箱根に行くことがあれば、そこに泊まっていたんですよね」

なるほど。セレブらしいエピソードが出てきた。

「……じゃあそうしましょう。ちょうど、紅葉の時期じゃないかな……まだ早いでしょうか」

本当は、旅行に行く必要もなかった。大智と一緒にいられるのならどこでもいい。

だが、それとは別に非日常的な空間に行くと思うとわくわくする。

「宿はどこがいいですか？　希望の条件を出してもらえたら、探してみますが」

「……のんびりしたいですね」

箱根に行くのだから、温泉にはつかりたい。他の人の目はあまり気にしないでのんびりできるような場所だともっといい。

二人で話し合いながら、譲れない条件を出していく。

「時期が時期だから、取れないかもしれませんねぇ……」

タブレットで、旅館の予約サイトを調べながら理生はため息をついた。

平日に休みを取れば行けそうだが、週末はもう埋まってしまっている宿が多い。都内からアクセスがいいということを考えればそれも当然か。

「休みを取りましょうか。どうせなら当日にお祝いしたいですしね」

そこまでしてくれなくても、とも思うけれど、誕生日を気にかけてもらっていることがなんとなく嬉しい。

「ここどうですか?」

「……素敵(すてき)!」

最終的に選んだのは、旅館ではなくリゾートホテル。大浴場が温泉で、昨年オープンしたばかりだそうだ。

久しぶりの旅行。ドキドキそわそわしてしまうのは、「夫」との旅行が初めてだからだろうか。

(楽しい思い出がたくさんできるといいな)

二人きりでの旅行。どんな思い出を作ることができるのだろう。

結婚までの期間が短かったからこそ、彼と二人で過ごす時間がより楽しみに感じられるのかもしれない。

◆　◆　◆

新宿からロマンスカーに乗って約九十分。当然、ロマンスカーに乗るのも初めてだ。

一番新しい車両が走る時間を選んで予約をしたため、席はゆったりと広く、座り心地もいい。

窓の外に目をやってみれば、都内の風景がどんどん後ろに流れていく。

最初のうちはマンション等の高い建物が多かったのが、戸建ての住宅や畑が広がってくる。

まさしく旅行なのだと、窓の外を見ていると気分が高揚してくる。そわそわしている理生の様子を大智が微笑ましそうに見ているのに気づいてしまった。

「はしゃぎすぎました……？」

「可愛いと思って見ていました。理生さんが楽しんでいるのなら、俺も嬉しいです」

恥ずかしげもなく吐き出された言葉に、ぶわっと耳が熱くなる。真顔でこういうことを言うから、いつまでたっても慣れないのだ。

（……本気でそう思っていそうなんだもの）

彼との付き合いはさほど長いわけではないけれど、嘘をつくような人ではないと思う。たしかに女性には慣れていないのだろうなと思うこともあるけれど、それは理生も同じ。

二人でゆっくりと進んでいく感じがして、これはこれで悪くないと思っている。いつか、二人らしい夫婦の姿を作り上げることができたなら。

（大智さんも、同じように考えてくれればいいんだけど……）

お互いゆっくりとペースを合わせていければそれでいい。

景色が山へと変化してきた頃、左手がきゅっと握られた。大智の大きな手。理生の手はすっぽりと包まれてしまう。

最初のうちは手を繋（つな）がれるとドキドキしたし、今でもやっぱりドキドキしてしまう。でも、今はそれ以上に安心感のようなものも芽生えている。

「お昼は湯葉料理でしたね。楽しみ！」

「俺も楽しみです」

昼食は、事前に予約をしておいた湯葉料理の店に。赤の美しい器に盛りつけられた料理は、美味なだけではなく、視覚からも楽しませてくれる。

ぺろりと一人前平らげても、まだお腹に余裕があるのに驚いた。いつもはそこまでたくさん食べる方ではないのに。盛りつけが貧相だったわけではなく、量もたくさんあったのに。

（どこかでおやつ、かな……）

と考え、すぐに多すぎではないかと打ち消した。そもそも、夜もフルコースを食べる予定になっている。

「どうしました？」

「お饅頭（まんじゅう）、おいしそうだと思って」

温泉に来たのだから、温泉饅頭というのは単純だろうか。

と思っていたら、大智がすっと店に入る。手渡されたのは、まだ温かい饅頭だった。

「……食べすぎかも」

まだいけそうという気はしたが、昼食もかなりの量があった。夜のことも考えると、あまり食べすぎない方がいいかもしれない。

「旅先なんだから特別ですよ、特別。それに、食べたら運動すればいいんです」

「これからたくさん歩きますもんね」

旅先でたくさん歩くことを想定し、ちゃんと歩きやすい靴を選んだ。

いっぱい歩いて身体を動かせば、饅頭一個分ぐらいすぐにカロリー消費できるだろう。きっと。

箱根湯本（ゆもと）の通りをぶらぶらしながら歩き、並ぶ店を冷やかしたり、ちょっと場所を移動して美術館を見学したり。

今夜の目的地に到着したのは、まもなく日が暮れようかという頃合いだった。

最終的に二人が選んだのは、芦ノ湖（あしのこ）を見渡せるリゾートホテルだった。

落ち着いた色合いの家具で統一された部屋の窓から、湖の景色を眺めることができる。

「海賊船が停泊してますね」

「明日、乗ってみますか。予定はまだ決めていませんでしたし」

初日にどこに行きたい、何が見たいとかはしっかり打ち合わせしたのだが、二日目については今のところ考えていなかった。

「いいですね、それも」

湖の周囲にある木々はもう色を変えていた。赤や黄色に彩られた木々も美しい。都内にいる時とはまた違った光景だ。

「夕食まで、しばらく時間がありますね。どうしますか？」

「売店を見てみたいです」

チェックインした時に、ちらりと見えた売店が気になっていた。キラキラとしていたのは、たぶんアクセサリー。菓子等の土産物も買えるだろう。

「行ってみましょうか」

穏やかに微笑んで、大智が手を差し出す。

誰も二人を知らない場所。

今日の時間が、特別なものになるような気がした。

一階の売店では、思っていたとおり、アクセサリーが売っていた。ガラス細工のピアスやネックレス。ブレスレットもある。

美しい色合いのガラスは、ライトに照らされてキラキラとしていた。まるで、宝石みたいだ。ガラス細工といっても安価なものではなく、改まった場にもつけていくことができそうなデザインだ。値段の方もそれなりにする。

「わあ、可愛い」

理生の目にとまったのは、ピンクに赤が流し込まれマーブル模様が描かれたガラス玉のついたピアスだった。金具は金。ゆらゆらと揺れるガラス玉が可愛らしい。

普段は耳にぴったりと張り付くスタッドタイプのピアスを愛用しているけれど、たまにはこういうのもいいのではないだろうか。手持ちの服にも似合いそうだ。

「買っちゃおうかな……」

つぶやいたのは、理生の財布でもそれほど痛くはない価格設定だったからである。初めての旅の思い出に買うのも悪くない。

取り上げようとしたら、横からすっと手が伸びてきた。見慣れたそれは大智のものである。

「俺に贈らせてください」

「……でも」

買わせてしまっていいのだろうか。理生が欲しいと思ったもので、理生しか使わないものなのに。

「誕生日プレゼントが、旅行だけだと味気ないと思っていたんです——だから、俺に買わせてください」

「ありがとうございます」

そう言われてしまったら、断ることなんてできなかった。

会計を済ませたピアスを大事に持ち、部屋へと戻る。そろそろ食事に行く準備を始めた方がいい。

「似合ってますね」

「……あっ」

食事の場に選んだのは、ピンクを基調としたワンピース。だから、ピンクのピアスを選んだわけではないけれど。

そっと彼の手が耳朶に触れる。そこで揺れるピアスをつつかれて、はっと息をついた。

すぐそこに大智の顔がある。真剣にピアスを見つめている彼の顔に、思わず視線が吸い寄せられる。

（近い、し）

いつまでたっても慣れそうにないな、と思うのはこういう時。

大智の方はなんとも思っていないのだろう。肌をかすめるかかすめないかのところにある指に意識を集中させてしまうのも、表情に吸い寄せられてしまうのもきっと理生だけ。

(……時々、私ばかりって思う気がする)

最初のうちは大智が熱心で、理生は彼の気持ちに応えられるかどうか迷っていたはずだった。なのに、このところ逆転しているような。

触れられる度にドキドキしてそわそわして落ち着きがなくなるのは、理生だけのような気がしてならない。

「……よく似合います。理生さんは、ピンクが似合いますね」

「ひゃっ」

ついでみたいに、首筋に口づけられる。肌をかすめる吐息に、思わず肩を跳ね上げた。

「びっくりしました?」

「しました――って、あの」

以前から、気になっていたことがある。

――それは。

二人とも、いまだに敬語を崩していないこと。

理生の方が年下だから、自分が敬語を使うのにはあまり抵抗がなかった。

最初のうちは、大智が理生に対して敬語を使っていたのも気にならなかった。社会人同士だし、まだ知り合ったばかりだし——敬語を使うのが適切な距離だと思って。

いつかは崩れるのだろうと思っていたら、結婚して三か月。いまだに崩れない。

「……敬語」

「敬語がどうかしましたか？」

「その、いつまでも敬語ってどうなんでしょう……？」

結婚の挨拶で、彼の実家を訪れた時から気になっていた。

理生とはずっと敬語なのに、家族とはくだけた口調で話していた。付き合いの長さを考えれば、理生には敬語なのもしかたないのかもしれない。理生だって、まだ言葉を崩すことができないでいるのだし。

——でも。

寂しいと思ってしまった。なんだか、距離を空けられているような気がして。

「わ、私達——ちょっと、距離が遠いなって思うんです。ふ、夫婦——なんだし、もっと楽でもいいかなって」

「……たしかに」

距離が遠い、の一言で片づけてしまうのは少し違うかもしれない。だけど、一度そう思ったら、気になってしまった。

「私も努力するので——もう少し、気楽な感じになれたらなって思うんですけど」

この提案、間違ってはいないだろう。

ふと、大智が近づいてきた気配がした。

「たしかにそうですね——いや、そうだね、かな?」

不意に彼の目が、獰猛さを増したような気がした。

「可愛い」

抱きしめられ、耳元で囁かれる。

ふっと首筋を、大智の吐息がかすめただけで、怪しい感覚が湧き起こり、理生は肩を跳ねさせた。

「感じた?」

「そ、そんなことない……!」

否定するも、身体の反応は正直だった。

密着した身体に感じる彼の体温と、耳にかかる吐息だけで身体の奥が熱くなっていく。

いつもと違う環境だからだろうか。いつも以上に身体が敏感になってしまっているような。

「感じていないのなら、それは問題なんだけど」

そう言いながら、耳朶の裏にまで濡れた舌が這わされる。ぞくぞくとした快感の兆しが、腰のあたりを揺蕩い始めた。

「や、あっ……」

身体を前に倒して逃げようとすると、ぐいと引き戻される。

そのまま今度はうなじに口づけられて、理生の身体に震えが走った。背後から抱きしめられているから、逃げることもできない。

大智の手が、ワンピース越しに胸に触れた。

「あぁっ……！」

服に覆われているのに、普段よりも敏感になっている気がする。軽く撫でられただけで、身体に甘やかな痺れが走る。

「やっ……ん、ぁっ」

そのまま両胸を背後からやわやわと揉みしだかれる。

こんなに感じてしまっていいのだろうかと頭の片隅で考えながらも、抵抗らしい抵抗はできない。ただされるがままに、快楽を与えられるだけだ。

ブラジャーの上からでもわかってしまうのではないかと不安になるほど、頂が勃起している。

そこを押し潰すように指先でいじられれば、理生は喉を反らして喘(あえ)ぐことしかできなかった。

「あ、んっ！　ああぁっ！」

いつもより数倍も気持ちよかった。爪でひっかくようにされたら、理性がぐずぐずに溶けていく。このままではいけないと思うものの、どうすることもできなかった。

「だめ……も、立ってられない……！」

先ほどからずっと足ががくがくとしている。これ以上続けられたら、床の上に膝をついてしまうかもしれない。

でも、大智の手は止まらなかった。それどころかますます強く乳房を刺激してくる。重点的に頂のあたりを爪で刺激し、首筋に舌を這わせてきた。

「あっ、あっ！　あぁーっ!!」

声を抑えることもできなかった。首を振って快感を逃そうとするけれど、それも無理な話。

息が乱れて、肩を揺らす。

「……ここは嫌(いや)？」

耳元で艶(つや)めいた声がする。

それにすら反応してしまう自分が恨めしい。大智の声は媚薬のように耳から忍び込んできて、理性を奪おうとしてくる。

「……もっとしてほしい？」

返事なんてできるわけがないのに、大智は意地悪な笑みを浮かべる。そしてワンピースの裾から中に手が潜り込んできた。

「や、だめっ……」

「どうして？」

問いかけたかと思えば、耳にふっと息をかけられる。その間も、理生を抱えている方の手は乳房を愛撫したまま。

下から持ち上げたかと思えば、きゅっと押し込むようにされる。腿の内側を我が物顔に這っている手も理生に落ち着きを失わせた。

「あ、あ……」

立っていられないと、ちゃんと伝えたはずなのに、膝の間に大智の膝が入り込んでくる。理生の身体を支えながら、脚の付け根をくすぐられた。

「だめ……だめ、だってば……」

弱々しい訴えの声は、大智の耳には届いていないよう。下着越しに、指の腹が秘部を撫でた。とろりとしたものが、秘裂から溢れ出したのを自覚する。かっと頬が熱くなった。

「……濡れてきた」

ぼそりとつぶやかれた言葉に、理生は羞恥で顔を赤くする。

「言わないで……！」

わかっているから、あえて言葉にしないでほしい。どうして、今日に限って意地が悪いのだろう。

肩越しに振り返って睨みつけたけれど、蕩けた目では迫力がないこともわかっていた。

大智は楽しげに理生を見つめ返すだけ。

「可愛い……今日の理生はすごく可愛い……」

そうして、下着越しに割れ目を撫でてくる。同時に首筋をきつく吸われた。その刺激に、理生の意識は引き戻される。

「ん、ぁっ……」

彼の指が、ショーツの中に潜り込んできた。濡れた花弁が、指を歓迎するようにわななく。

そのぬかるみに、指を沈められる。

「やっ、あっ……あぁ……！」

「……いつもより感じてる？」

くちゅりと、水音がした気がした。恥ずかしいのに、腰が揺れてしまう。もっと深いところまで刺激が欲しくてたまらない。

「だって……っ」

敏感な箇所を指先が的確になぞる。潤んだ花弁の蜜を絡め取ろうとしているみたいに指が揺らされる。空っぽの蜜洞がきゅっとなって、内部に指を迎え入れようと蠢いた。

「だ、め……っ、そんな、したら……」

がくがくと膝が震える。崩れ落ちそうになった理生を、大智の腕が支えた。

「あっ、あ……！」

強い刺激に腰を突き出しそうになる。理生の反応を見ながら、彼は親指で秘芽を押し潰すようにしてきた。とたん、目の前がちかっとなる。

「あぁぁっ！」

絶頂の予感に、理生は息をつめる。大智の腕の中で身体をこわばらせたけれど、頂点まであと少しというところで刺激がやんだ。

「あっ……？」

物足りなさに、思わず背後を振り返る。涙で潤んだ視界の向こうにあったのは、いつになく獰猛な顔をした大智だった。

「……理生」

耳元で囁かれる理生の名前。いつの間にか呼び捨てられたそれに、どうしてだろう。不吉な予感に身体を震わせる。

大智は、理生を抱え上げるとベッドへと運び、そのままベルトに手をかけ前をくつろげると、いきり立った昂ぶりに、手早く避妊具をつけた。

「もっと気持ちよくしてあげる」

「やだ、だめ、だめだってば……」

「本当に？」

シーツに手と膝をついた状態で腰を抱えられ、背後からのしかかられる。耳に吹きかけられる息が熱い。理生を抱きしめる腕の力も強い。

「理生、好きだよ」

彼はいつも、そんな言葉で理生を甘やかす。大智の言葉に、反抗できなくなってしまう。彼への気持ちが、溢れてしまうような気がするから。

「わ、私も……」

好き、という言葉を続けることはできなかった。ストッキングとショーツがまとめて引き下ろされる。

「あぁ……！」

すでに熱くぬかるんでいるそこに、大智のものが押し当てられた。その熱さと硬さに、理生は身震いする。

「挿れるよ」

前戯もないまま挿入されるのかと思いきや、彼はぐっと先端を押し込んできただけだった。

「やぁっ……んっ……」

最奥まで満たされないから、物足りない。奥が脈打つようにうねって、満たしてほしいと訴えかけてくる。

「あ、あっ……！」

大智は焦らすように、浅いところで抜き差しを繰り返した。

「理生の中、熱くて気持ちいい」

うなじを甘噛みされて、奥がきゅうっと収縮し、大智のものにまとわりついて離さない。

「やだ、奥……」

たしかに快感は得ているけれど、浅いところばかりでは物足りない。自然と腰がくねり、少しでも奥に導こうとする。

「……やらしいな」

半分笑った声で言われたような気がして、理生は振り返った。大智の口角が上がっている。

急に猛烈な羞恥が襲い掛かってきて、目に涙がにじんできた。

「ひどい……意地悪……」

本気でそう思っているわけではないのは、きっと大智にも伝わっている。だって、理生の声は、甘ったるかった。自分でも呆れてしまうほどの甘えた声。

「ごめん」

謝罪の言葉を口にしながら、大智は理生の背中に口づける。そこから腰にかけて、いくつも痕を残された。そうしながら、ぐっと腰を突き入れてくる。

「ん、あっ……」

ようやく満たされる悦びに、腰をぐっと突き上げた。

冷静に考えたら、ひどく恥ずかしい状況だ。二人ともまだ衣服の大半は身に着けたまま。理生はベッドに上半身を伏せて、腰だけ突き上げた体勢だ。

「あっ、あぁっ……」

じりじりと押し込まれてくる熱。最奥まで入ったかと思ったら、ゆっくりと腰を動かされた。

理生は眉を寄せて喘ぐ。緩慢な動きでは達することなどできないのに、生々しい肉の感触に身体が震える。

「理生、気持ちいい？」

「んっ……気持ち、いい……」

本当はもっと激しくしてほしかったけれど、自分からは言えなかった。

言葉にはできなかったのに、身体は自然と動いていた。少しでも感じる場所に導こうと、腰を押し付けるようにし、回転させ、勝手に快感を貪ってしまう。

ゆっくりと前後に揺すれば、腰の動きに合わせるみたいに感度が高まっていく。

「あっ、あぁっ……やっ、あ……」

理生の動きに呼応して、大智が後ろから突き上げてくる。その衝撃であっという間に達してしまった。中がきゅうっと締まり、そのせいでいっそう彼自身の形を感じてしまう。それがまた快感となり、恍惚となって高い声を上げた。

「やだ、また……きちゃう……！」

「いいよ、イッて」

耳元で囁かれる声にすら官能が刺激される。大智は理生を抱きしめると、シーツに上体を押し付けた。そして、奥まで腰を押し進めると、そこで動きを止める。

「んっ、あぁっ……あぁーっ！」

その状態で動きを止められるのは、余計に感度を上げるだけ。

熟した蜜壁がきゅっと締め上げ絡みつき、それだけで新たな快感を貪ろうとする。

理生は背を反らせて、何度目かわからない絶頂に身体を震わせた。大智のものをきつく食い締めるせいで、余計に彼が中にいるのを意識させられる。

「くっ……きつ……」

大智が眉を寄せて、小さく呻(うめ)いた。彼の余裕を奪えたことに謎の満足感を覚えた。

「はっ……ぅ……」

何度も快感を貪っているのに、腰を止めることができない。

背後から貫かれているせいで、いつもとは違うところを刺激される。それもまた快感を深めているのかもしれない。

「自分で動いてる」

指摘をされて、かっと頬が熱くなった。それでも腰を揺するのを止められない。

大智のもので最奥を刺激されるのも気持ちいいけれど、物足りないのだ。もっと奥まで満たされたいと思ってしまう。

その欲求に、素直になってますます腰をくねらせた。

「あっ……あぁぁっ！」

びくびくと、腰が痙攣(けいれん)した。それでも、貪欲な身体はさらに奥へと導くように収縮を繰り返す。中に入っている彼のものを搾り取るようなそんな淫らな動き。

全身に絶え間なく痺れが走り、頭の中で閃光(せんこう)が瞬(またた)く。

「くっ……、そんなにしたら……」

大智が苦しげに呻く。理生は再び達したけれど、彼はぎりぎりのところでこらえたみたいだ。中に入っている彼のものは萎えていなかった。それどころかますます硬度を増しているような。身体にまとわりついているワンピースを捲り上げ、背後から脚の間に手を伸ばされる。

内部に彼自身を咥えこんだまま、すっかり硬くなっている花芽に触れられたら、そこから鋭い悦楽が頭の先まで突き上げた。

「いっ……あ、あぁっ！」

これ以上されたら、おかしくなってしまう。そう訴えようとしたけれど、嬌声が喉から迸るばかりで言葉にならない。理生はシーツに額を押し付け、必死に息を吸った。

「気持ちいい？」

再び問いかけられて、必死でうなずく。すると、背後からぎゅっと抱きしめられた。

同時に中に入ったままの先端で最奥をぐりぐりとえぐられる。とたん、びくんと跳ね上がる理生の手。

「理生、可愛い」

「んっ……あぁーっ！」

耳朶を甘噛みされながら囁かれたと思ったら、うなじを強く吸われる。その感触で、また軽く達してしまった。

結合部からは、ぐちゅぐちゅと卑猥（ひわい）な音が響いている。大智のものに絡みつき、淫らに締め付けているせいだ。

理生はシーツをぎゅっと握りしめる。頭が真っ白になり、ただ快楽の波に身を任せることしかできなかった。

「……理生……理生」

荒い息の合間に名前を呼ばれ、背中に口づけられる。そのまま背骨に沿って、うなじまで舐められた。理生が彼のものを締め付け、その形を感じてしまうと、また達してしまう。

「やっ……あぁーっ！」

後ろから貫かれたまま、理生は身体をびくびくと震わせて絶頂の余韻に浸る。中に入ったままの彼のものはいまだ硬く張り詰めていた。

繋がったまま、ぐるりと身体を回転させられる。その拍子に思ってもいなかったところを擦り上げられて、嬌声を響かせた。

「理生、顔を見せて」

仰向けにされたかと思うと、両膝を掴（つか）まれ、左右に大きく開かれる。

あられもない格好に羞恥を感じるのに、その感覚すら快感を増幅させる理由にしかならなかった。彼のものが埋め込まれた箇所から、ぐちゅりと淫らな音が立つ。

見られている。繋がっている場所に彼の目が向けられている。恥ずかしいはずなのに——身体の奥が新たな悦(よろこ)びを覚え始めている。

「可愛い。すごく可愛い」

大智は熱に浮かされたようにつぶやくと、ぐっと奥の奥まで突き入れた。腰を前後に動かし始める。

「あっ……あぁーっ！」

中をかき回され、擦られる感覚に喘ぎ声を上げる。それが悲鳴なのか嬌声なのか、自分でもわからなかった。

「理生……」

大智は、熱に浮かされたような声音で名前を呼ぶと、理生の両脚を肩に担ぎ上げる。それから、いっそう激しく理生を揺さぶってきた。

「あっ……あぁーっ！」

最奥まで彼のものを咥えこんだまま揺さぶられると、脳天まで快感が突き抜ける。

結合部からはますます淫らな音がした。理生の唇は開きっぱなし。二人の身体がぶつかり合う度に理生の口からは嬌声が上がる。

「こうしたら気持ちいい？」

問いかけられ、何度もうなずく。大智は嬉しそうに微笑むと、理生の唇を貪ってきた。

お互いの舌を絡め合い、吸い上げる。その間も律動は止まらない。

奥を激しく突き上げられながら口づけられると、意識まで揺さぶられるような感じがした。

彼の背中に手を回し、理生からも腰を突き上げるようにする。

そうすると、さらに深いところを刺激され、たまらない気持ちになった。

「理生、愛してる」

吐息混じりに告げられた言葉。その言葉だけで身体が震えてしまう。

「んっ……あぁっ……！」

大智がひときわ強く最奥を穿つと、理生は何度目かわからない絶頂を迎えた。同時に、大智のものが理生の中で脈打つ。彼もまた達したのだろう。被膜越しに注がれる熱すら新たな快感の呼び水になる。

「あ……あっ……」

余韻に浸りながらも、理生は無意識のうちに彼のものを締め付けていた。ずるりと引き抜かれ、喪失感に声が漏れる。

「無理させすぎた？」

そんなことはない。首を横に振ると、大智はほっとしたように目を細めた。

二人とも半端に衣服を絡ませたままであることに気づき、いたたまれなくなった。

「……お夕飯、遅れちゃいますよ？」

夕食に行く支度をするために部屋に戻ったのではなかったか。乱れた服をそそくさと整えながら、理生はそっと視線をそらす。

「ごめん」

彼の方も、いたたまれなくなったみたいで、やはり視線をそらされた。二人の間に流れるなんとも言えない空気。

先に笑い始めたのは、理生の方だった。旅先では、解放的な気分になるというのは本当だったかもしれない。

「たまには、こういうこともありますよね」

少し前までのことを考えると、どうしても気恥ずかしさが先にきてしまうけれど、いつもと違う大智の姿を見られたという意味ではよかったという気もする。

「俺も、着替えた方がよさそうだ」

少しばかりぎこちないが、二人の間に流れる空気は嫌じゃない。少しだけ、大智との距離がまた近くなった気がして胸がじんとした。

第七章　思いがけない幸運には、裏があったらしい

旅行に行ってからは、あっという間に師走である。

二人揃って慌ただしい日々を過ごすことになった。

忘年会シーズンが始まれば店も忙しい。必然的に理生も閉店近くまで店にいることが増えた。

年内に片づけておきたい仕事があるとかで、大智も帰りが深夜に及ぶことが多い。

「――大掃除、しちゃおうかな」

不意に思い立ったのは、街がクリスマス一色に染まった日のことだった。今年のクリスマス・イヴは平日。理生は、日曜日の他に一日もらえる平日休みの日だった。

（……忙しいのはわかっているんだけど）

つい、零れてしまうのは、どうしようもない本音。

要は寂しいのだ。実家で暮らしていた頃は、すぐそこに人の気配があった。

店が営業していれば、出入りする人も多い。自分の部屋にいても、家族で暮らしていれば人

の気配を感じることは多々あった。けれど、このマンションでは違う。

（実家に帰っても、二人とも店だし……今日行ってもねぇ……）

いっそ、店の手伝いに行こうかとも思ったけれど、アルバイトの学生もいるから人手は十分に足りている。わざわざ今日、実家に行く必要もない。

（大掃除、すませちゃおう。そうしよう）

大智は理生一人に押し付けるつもりはないだろうが、理生の方が時間に余裕があるのは否定できない。

新婚ということで、年末年始は休みになると言っていたから、その時ゆっくり過ごせるように大掃除は前倒しにしてしまおう。

身体を動かしていれば、余計なことは考えないですむような気がした。

勢いよく立ち上がり、まずはキッチンをピカピカに磨き上げる。

普段から綺麗（きれい）に使っているので、さほど時間はかからない。

冷蔵庫の中身を整理して、換気扇のフィルターを外して洗う程度。新年を迎える前に、調理台はもう一度掃除をすればいい。

それからリビング。棚の上を丁寧に拭き、しまわれているものも一つ一つ取り出し、棚板を掃除してから戻す。カーテンは後日洗濯だ。

キッチンとリビングの掃除を終えたら、もう昼過ぎだった。

いつもはここまで丁寧な掃除はしないから、部屋が輝いて見える気がする。手を抜いているつもりはなくても、手が回っていないところは多々あるようだ。

(お昼、どうしようかな……)

理生の耳元で揺れているのは、あの時買ってもらったピアス。

揺れるタイプはあまり持っていなかったということもあり、休みの日にはこのピアスの出番が多い。

鏡の前を通りがかったついでに、ちらりと見ながら指でピアスをつついてみる。あの時、大智の手がこれをつけてくれたことを思い出して、ふふっと笑った。

今日はクリスマス・イヴではあるけれど、二人揃って食事に行く予定などない。家で食事ができそうもないから、友達と出かけても構わないと大智は言っていたけれど、出かける気にはなれなかった。

結婚したばかりの友人の家に押しかけるのは気が引けるし、未婚の友人だって家族や恋人と過ごすだろう。

「よし!」

昼食は、買い置きのパスタで簡単にすませ、午後からも掃除を続ける。

ほとんど休憩も取らずに続けたおかげで、日が暮れる頃には家中ピカピカに磨き上げられた。

（……いい感じ）

すっきりした家の中を見回すと、達成感が湧き起こってくる。両手を腰に当てて、「うん」と大きくうなずいた。

家中の空気がすがすがしくなったみたいだ。

大丈夫。忙しい大智の邪魔をすることなく、休日を乗り切った。明日からはまた、店の仕事が待っている。

（……早く、お休みにならないかな）

壁にかけてあるカレンダーを見て、そう心の中でつぶやいた。二人でなら、きっと大掃除も楽しかっただろうに。

翌朝、目を覚ました時には、隣に大智はいなかった。これはいつものことなのだが、今日はいつもとは少し違っていた。

枕元に置かれていたのは、赤いリボンのかけられた小さな箱だった。「理生へ」とカードもついている。

箱を開いてみれば、中から出てきたのは、小さな宝石ケース。蓋（ふた）を開くと、指輪が入っていた。小粒のダイヤモンドでぐるりと一周囲んだエタニティタイプである。

数度瞬(まばた)きをし、理生はそれを見つめた。

枕元にプレゼント——それって。

（……嘘(うそ)）

まさか、サンタクロースが来るとは思ってもいなかった。思いがけないプレゼントに、胸の鼓動が速くなる。

理生もクリスマスプレゼントは用意していたけれど、顔を合わせてから渡そうと思っていたのに。

（……やられた！）

理生の用意したプレゼントは、リビングのテーブルにでも置いておけばよかった。

ちらりと時計を見れば、まだ七時。近頃は早めに出かけていくけれど、この時間ならまだ家にいるだろう。

「お——おはようございます！　あの、これ……ありがとうございます」

「俺が忙しくて、最近ろくに会話もできていなかったからね」

リビングに漂うのはコーヒーの香り。大智はしっかりとスーツを着ていて、もういつ出かけてもおかしくない雰囲気(ふんいき)だ。

昨日は早めに寝たのに、理生の方はまだ部屋着のまま。

「すごく、嬉(うれ)しかった……すごく、本当に」

昨日抱えていた寂しさが、嘘みたいに吹っ飛んだ。大智が側(そば)にいない寂しさを大掃除にぶつけたことも、今はどうでもよくなっていた。

「気に入ってくれた？」

その言葉には、ただ、何度もうなずく。

気に入ったなんてものではない。胸がいっぱいすぎて言葉が出てこない。

こういう方面で気を回すのが苦手で、理生の誕生日には何が欲しいかと聞いてきたぐらいなのに、まさかこんなサプライズをしてくれるとは。

「結婚指輪と重ね付けしてもいいようにしてもらったんだ」

よく見たら、ケースは結婚指輪を注文している店のもの。

(すごく忙しかったはずなのに……)

わざわざ店まで行って探してくれたようだ。彼の気持ちが、理生の胸をじんわりとさせる。

「つけてみてもいい？」

「もちろん。俺につけさせて」

「……うん」

彼と一緒に暮らし始めてから、何日になるのだろう。

何度も肌を重ね合って、もう素顔も素肌も見せた仲。

今だって、理生はすっぴんに部屋着のまま。おまけに髪も乱れている。ロマンチックな状況からはかけ離れているはずなのに、心臓のドキドキが止まらない。

慎重に指輪を取り上げた大智は、それをそっと理生の左手薬指に滑り込ませた。

「綺麗」

リビングに差し込んでくる朝の光に、きらりと石が反射する。

結婚してよかった——と、そう口にしたら、彼はどんな顔をするのだろう。

大智の前では、理生も気負わずにいられる。彼のすべてが愛おしい。左手をひらひらさせると、指輪がきらりと輝いた。

「あ、待って。私も、プレゼント用意してて……」

バタバタと寝室に駆け込み、用意しておいたプレゼントを持ってリビングに戻る。

理生が用意していたのは、黒い革手袋だった。

今まで足を踏み入れたことのないような店にも入って、彼に似合いそうなものを探し回った。

何軒も見て回った中で、大智に一番似合うものを選んだつもりだ。

「俺に？」

「うん」

理生ははにかんだ。驚いたように目を丸くした表情が、理生の胸をざわめかせる。

結婚してから、毎日夫に恋をしている。友人に告げたら、笑われてしまいそうな気もしてならないけれど、きっとこれも幸せだ。

「ありがとう。ぴったりだ」

黒い手袋は、あつらえたものみたいに、大智の手に馴染んでいる。

それだけで、彼の色気が何倍にも増したような気がした。

「……理生」

首筋に触れたのは、革手袋の感触。そっと引き寄せられ、唇を合わせるだけのキスをする。

「私、着替えてくる」

唇を離したら、急に今の自分の格好が恥ずかしくなった。大智の方は、もういつでも出られる格好なのに。

「焦らなくてもいい。理生は、今のままで、十分可愛い」

「私が、そうしたいの。ちゃんとした格好で、お見送りしたいなって」

理生の帰宅時間が遅いとか、このところ忙しかったとか、大智は理生が起きられなくても許してくれるとか。

いくらでも言い訳はできてしまうけれど、このところ見送りすらしていなかった。

今日は、彼を見送ることができる時間に起きられたのだから、しっかりと見送りたい。

「それなら、着替えておいで。理生の分も、コーヒーを用意しておくから」

うなずいて、大急ぎで寝室に入る。左手薬指に目をやったら、口元が緩むのを抑えられなかった。

（この年になって、サンタクロースが来るなんてね）

あまりこういうことが得意そうなタイプではないのに、理生が喜びそうなことを一生懸命考えてくれた。同じだけの気持ちを返せていればいいけれど。

早く着替えて、しっかりとお見送りをしよう。忙しい彼を支えるのは、理生の役目でもあるのだから。

◇ ◇ ◇

旅行は大成功だった。理生も喜んでくれたし、大智としても非日常的な環境に身を置いたのは、彼女の新たな魅力を発見するきっかけにもなれてよかった。

年末にかけて、日々新しい仕事が増えてくるが、今年は例年よりも体力に余裕がある気がする。これも、理生と一緒に暮らしているからだろうか。

（……喜んでくれるといいな）

街中では、クリスマスソングを耳にするようになった。クリスマスツリーが店頭に飾られた店も増えている。

大智の職場でも、天井近くまである大きなクリスマスツリーを、先日飾り付けたところだった。

「三橋（みはし）さん、どちらに？」

「三十分で戻る。システムに登録してあるから、行き先はそこを見て」

「わかりました。何かあったら、連絡してください」

休憩時間に用事を片づけようとしていたら、部下に声をかけられた。行き先は、社内システムに登録してある。休憩時間なので、外出しても問題はないのだが。

急ぎ足で向かったのは、結婚指輪をオーダーしている店だった。入籍した直後からどこでオーダーしようか検討を重ねて、ようやく決めた店だ。

婚約指輪はいらないと理生から言われているけれど、左手薬指が空なのは気になっていた――悪い虫がつきそうな気がして。

結婚指輪と重ね付けできる指輪もあると、オーダーする時に説明を受けていた。何かの記念日の時に、重ね付けする指輪を買う人も多い、と。

結婚指輪をオーダーする時に接客してくれた店員にアドバイスを受けながら選んだのは、小粒のダイヤモンドを並べた指輪。エタニティというのだとその時教えてもらった。

今日は、その指輪を受け取る日である。

（『永遠の愛』、か……）

切れ目がなく、ぐるりと一周ダイヤモンドで囲んだ指輪は、永遠の愛を意味しているらしい。意味と共に教えたら重いと引かれてしまうかもしれない。

理生に好意を持たれているのはわかっているけれど、自分と彼女の間に温度差があることだってちゃんと心得ている。

「内緒のクリスマスプレゼントだなんて、素敵ですね」

「喜んでくれたらいいのですが」

指輪のケースを丁寧にラッピングしながら、店員が微笑む。

「喜んでくれますとも」

普段使いできるものなら、きっと理生も喜んでくれると目の前にいる店員はアドバイスしてくれた。結婚指輪のオーダーをどうしようか二人で悩んでいる時間だけで、それを見抜いていたらしい。

ありがとうございます、との言葉を受けて店を後にする。

きっと、喜んでくれると信じながら。

結論から言えば、理生は大いに喜んでくれた。

左手の指輪をひらひらとさせて、輝きを楽しんでいるのがよくわかる。

理生から贈られたのは、黒革の手袋。今年のクリスマスは、想像していたよりも、幸せな気分になった。

「……あっという間でしたね」

「そうだね」

初めて二人で迎える年越しの日。

「結局、大掃除はほとんど任せることになってしまってごめん」

「そんなの、やれる人がやったらいいでしょう」

来年以降は、年末から年始にかけてこれだけ連続で休みを取るのは難しいだろう。三橋の関係者であるのは間違いないから、休みを取ろうと思えば取れるだろうが、そういった形で伯父の血筋であることを利用しようとは思わなかった。

大智が仕事に追われている間に、理生は大掃除を終わらせてしまっていた。家中ピカピカに磨き上げられている。彼女一人に任せるのは申し訳ないから、来年からは専門家に頼むことを考えてもいいかもしれない。

「……ねえ、大智さん」

「ん？」

「今年は、いい年でしたね。来年もいい年になるといいなって思うの」

ソファに並んでいる理生が、そんなことを口にする。

たしかに、今年はいい年だった。

なんとなく好意を持っていた理生が、今はこんなに大切な人になったのだから。

肩に手を回して引き寄せる。

抵抗なく体重を預けてきた理生を愛おしいと改めて思った。

◇　◇　◇

年賀には、三橋が好きだという菓子を用意した。

「……私、変じゃないかな？」

「大丈夫。理生は可愛い」

可愛いって、恥ずかしげもなく口にされると、理生の方が照れてしまうと彼はわかってやっているのだろうか。

今日、選んだのは明るいベージュのワンピースとジャケットの組み合わせ。大智もジャケットにスラックスという幾分よそ行きの服装だ。

着物を着なくていいのかと思ったけれど、そこまでする必要はなかったらしい。大智の運転する車に乗り、三橋家を目指す。

一日は家族でのんびり、二日に集まるのが三橋家の風習だそうだ。

比較的近くに住んでいる人も多いそうで、正月にはかなりの人数が集まるという。

（来年からは、そういうわけにはいかないって言ってたけど）

なにしろ、大智が働いているのはホテルである。結婚して一年目ということで、年末年始にまとめて休みを取ったけれど、次からはそうも言っていられないらしい。

お互い、今後も時間の合わせ方には苦労することになりそうだ。

二人が到着した時には、たくさんの車が停められていた。広いガレージは、ほぼ埋まってしまっている。

「明けましておめでとうございます」

「おめでとう」

二人がリビングに入った時には、そこには多数の人が集まっていた。結婚式はまだだから、初めて顔を合わせる人も多い。

「理生です。よろしくお願いします……」

大智の親戚の女性は、迫力のある美人ばかりだった。背はすらりと高く、髪はしっとりさらさら、指先のネイルも輝いている。

肌だって、内側から発光しているのではないかと思うほどつやつやのピカピカ。

おまけに近づくと、ほんのりと上品な香りが漂っている。

理生は思わず自分を見下ろした。店ではネイルは厳禁だから、必要以上に気を使ったことはなかった。

爪は短く整えていて清潔感はあるけれど、彼女達みたいな丁寧な手入れをしているわけではない。ワンピースとジャケットという服装も、なんだか浮いているように思えた。

理生の髪は今朝自分で巻いたけれど、彼女達の髪はプロでないと無理ではないかと思うような形にセットされていた。

「理生さんね、私、あなたに会いたかったの。彼、お付き合いしてる人がいるなんて、今まで言ったことなかったから」

理生にグラスを手渡してくれたのは、赤いニットにフレアスカートを合わせた女性だった。

彼女が首をかしげると、ダイヤモンドを連ねたピアスが流れるように揺れた。

すっとした切れ長の目に通った鼻筋。形のよい唇。大智に姉妹がいたら、きっとこんな雰囲(ふんい)気(き)なのだろう。

「……そうみたい……ですね」

「あ、私ね、三橋菜津(なつ)。あれがうちの父親」

くいっと顎で示したのは、今まさに大智と話し込んでいる三橋だ。先ほど、挨拶(あいさつ)はさせてもらった。また、店に来てくれると言う。

「ああ、三橋さんの」

「やだ、ここにいるのほぼ全員三橋だってば」

菜津は、肩を揺すって笑った。そんな仕草も、彼女がやると妙に迫力がある。

「……そうですね。私も三橋でした」

この場に居合わせるのは半数以上三橋姓なわけであるが、菜津が示したのは、烏丸(とりまる)に常連として通ってくれていた三橋である。

彼は、店には家族を連れてこようとはせず、理生は菜津のことを話でしか知らなかった。

「うちの父親、あなたに無理難題を押し付けたんですって？」

「無理難題、ですか？」

理生は首をかしげた。

どちらかと言えば、三橋は付き合いやすい常連だ。

少なくとも、店に迷惑をかけるような酔い方をしたことはない。店を訪れる時には、事前に電話をくれて、席が空いているかどうかを確認してから来てくれる。

好きなメニューが売り切れでも、「今回はしかたないねえ」で流してくれて、文句を言われたこともない。

「無理難題なんて、そんなことは……」

「店に、うちの従兄弟(いとこ)三人連れて行って、結婚相手を誰にするか決めさせたって聞いたんだけど」

「――ああ」

あのとんでもない求婚の話か。理生は苦笑した。たしかに、そんなこともあった。

理生にとってはありがたい話だった。あれがきっかけで、大智との交際に繋(つな)がったのだから。

「あれは、半分冗談で、引き合わせてくれたんだと思いますよ。しばらくの間、私にお付き合いしてる人がいないのは三橋さんもよく知っていたので」

独身で、恋人がいない甥が何人かいて、独身で、恋人がいない知人女性がいる。

気は合いそうだし、一度引き合わせてみようかなんて考えになってもおかしくはない気がする。

「へー、そうなんだ」

信じていない、というように菜津の目が細められた。

（なんだか、この感じ覚えがあるな）

結婚の挨拶の時に会った知哉も、同じような目をして理生のことを見ていたっけ。あの時、知哉には何を言われたんだっただろうか。

（たしかに、お金を持っている家って大変なんだろうけど）

ここに集まっている女性の様子を見れば、なんとなく想像できた。

理生には縁がなかった世界だ。だからといって、そのど真ん中に飛び込みたいかという点においては、理生自身首をかしげてしまうのだが。

「父が、三橋のトップだって本当に知らなかったの？」

ほら、理生のことを疑っている。たしかに、長年店の常連だった人だ。どこの誰なのか知らないというのは、部外者からは不自然に思われるかもしれない。

「お店で仕事のことを口にしたことはなかったので、知りませんでした。どこかの企業の偉い人らしいということは聞いていましたけれど」

身に着けているもので、ある程度生活水準はわかる。

三橋はいつ店に来た時も、いい品を身に着けていた。鷹揚な口調や仕草からも、ただものではないのだろうなという雰囲気を感じていたのは否定できない。

「でも、本人が口にしないことを根掘り葉掘り聞くのも違うじゃないですか。うちの店にいらしている時は、ただの三橋さんですよ」

「そういうものなの？」

「そうでなければ、うちの店に通ってくれなかったと思います。信じてもらえなくても、しかたないとも思いますが」

三橋が烏丸を気に入ったのは、祖父も、あとを継いだ父も、三橋の仕事やプライベートについて根掘り葉掘り聞き出すような真似（まね）はしなかったからだろう。

ひねくれた見方をすれば、何も知らずに大智と結婚したと言われても信じにくいのもわかる。

菜津の反応が、おかしくないということも。

と、三橋が声を上げた。

「皆、こっちに注目してもらっていいかな？　今年のうちに、正式に後継者を決めようと思うんだ。後半、いろいろ変わることになると思うけど、一つ一つ丁寧に片づけていこう。今年もよろしくお願いするね」

その言葉に、集まっていた人達はざわざわとし始めた。

（後継者って、まだ決まっていなかったんだ……？）

菜津が娘だというのなら、菜津が跡を継ぐことになると思うけれど、そういう話ではないのだろうか。

「菜津さん、あの、後継者って……？」

「あら、聞いてなかった？」

「何も、聞いてないです」

「後継者候補って、今のところ五人ぐらいいるんだけど、父が特に目をかけているのが、彼と、彼と、彼」

菜津の方に目を向けたら、彼女は肩をすくめた。そっと目線で示されたのは、晃誠（こうせい）、大智、知哉である。

「三人ともうちのお店に来たことがありますね。そうか、大智さんも後継者候補だったのか」

大智がホテルでどのような仕事をしているのか詳しくは知らないけれど、彼のことだ。きっと優秀なのだろう。それも納得だと思っていたら、横で菜津が首をかしげていた。

「気にならないの？」

「何がですか？」

「あなたの夫が三橋のトップになるかもしれないって」

「それは、大智さんの仕事ですから。私に何かしてほしいってことがあれば、前向きに努力はしますけど……私には関係ないですよね」

そう言ったら、菜津はぎょっとしたような目を理生に向けた。

何か、おかしなことを言ってしまっただろうか。

「気にならないの？　本当に？」

「もしかして、私が仕事をやめなければならないような事態が起きるのだとしたら、なるべく早めに言ってもらいたいかなぁ……人を探すのも大変だし」

アルバイトに来てくれる人を探すのもかなり大変なのである。

できれば仕事は続けたいけれど、大智の仕事の都合でやめなければならないのだとしたら、それはそれでしかたがないとも思っている。

師走の忙しい時期は、完璧にすれ違ってしまっていた。すれ違いを解消したかったら、生活を変える必要がある。そして、今、生活を変えるとしたら理生が変えた方がいい。

「……あなたって、変わってるって言われない？」

「私の世界って、ものすごーく狭いんですよ。なので、大智さんが後継者になったら大変なことになるってピンと来てないんだと思います」

くすりと笑う。

本当に、小さなことで満足してしまうのだ。

大智が三橋の中でどんな地位に就こうが理生には、関係がない。

彼が理生の手が必要だと言えば差し出すつもりでいるし、そのために必要なことがあるなら頑張るつもりはあるけれど。

「もし、彼が無職になったら？　別れる？」

「その選択肢はないですね。仕事をやめないといけなくなったら、私が働けばすむ話でしょう？」

両親はずっと店を切り盛りしていた。時には喧嘩をしながらも支え合って。両親のその姿を見て育ったから、働くことには抵抗がない。

理生の答えに、菜津は満足したように口角を上げた。

「あなたって、私が知ってる人と違う――大智をよろしくお願いするわね。たぶん、父がいろいろと面倒なことをお願いすると思うから」

「大智さんなら、大丈夫ですよ」

菜津の話を聞けば、菜津は後継者からはあっさりと身を引いたそうだ。

それでいいのかと思っていたら、経営者には向いていないと自分で判断したらしい。

「私は私で、夫の仕事を手伝うのに忙しいしね」

菜津は、日頃こちらには来ず、夫の仕事先についてまわっているそうだ。いろいろこまごまとした作業が発生する関係で、夫の手伝いをしているらしい。

　実家を離れることにも、三橋の後継者の地位にも興味がないそうだ。

（もうちょっと、どろどろしているのかと思ってた）

　先ほどの三橋の発言で一気に室内がざわざわしたことから、てっきりどろどろとした腹の探り合いが裏で発生しているのかと思っていた。

　だが、今のところそういうこともないらしい。これも、三橋の人徳だろうか。

「長々と引き止めちゃったわね。失礼なことをいろいろと言ってしまって、ごめんなさい」

「いえ……警戒する方が、当然なのかもしれないですね。私、そういうことにうとくて」

　一代で三橋が財を築くまでの間に、いろいろとあったのだろう。菜津が、理生に用心するのもわからなくはなかった。

（彼と釣り合っているかって言われたら、釣り合ってない気がするのはもうどうしようもないし）

　大智と釣り合いが取れていないのは、理生自身が痛感しているところだ。

　でも――大智は理生を選んでくれた。理生も、彼と共に歩くのなら、人生はきっと楽しくなるだろうと思っている。

　両親とは違う形になるかもしれないけれど、二人らしい家庭を作っていくことができるだろうと信じているのだ。

「理生さん、会えてよかった。大智は、ちゃんとしてる？」

菜津と離れて、どうしようかと思っていたら、声をかけてきたのは大智の母だった。彼女の前に出ると、まだ少し緊張してしまう。

今日の彼女は、紺のワンピースに真珠を合わせていた。年を重ねた美しさがある。

「はい、大智さんはとてもよくしてくれてます」

「ならいいけど、ほら、あの子ってば気が利かないじゃない……？　理生さんに、寂しい思いをさせているんじゃないかと思って」

「そんなことはないです」

大智の母の前で、クリスマスプレゼントのことを話すわけにもいかない。大智も、理生の贈った手袋を気に入ってくれたようで、毎日ちゃんと使ってくれている。

「それならいいんだけど……」

「私には、もったいないぐらい素敵な人だって思ってます」

「あら、そう？　それなら、いいんだけど」

自分の夫の母の前で、あまりにもあけっぴろげな発言だっただろうか。

一瞬悔やんだけれど、大智の母は気にした様子も見せなかった。いや、ますます機嫌が上昇したようにも思える。

「お義兄さん、こうやって人を集めるのが好きだから……理生さんも、無理はしなくていいからね」

「ありがとうございます。無理はしないようにしますね」

そういえば、三橋はこの家に甥や姪を招くのが好きだったか。

結婚してからは、都合が合わなくて大智は出席していないらしいけれど。非公式な打ち合わせの場になることもあるらしいから、邪魔はしないようにしよう。

久しぶりに顔を合わせた親戚一同、会話が盛り上がっている。少しばかり疎外感を覚えて、理生はリビングを出た。

（……広いなあ）

顔を合わせた瞬間は、菜津を筆頭に迫力のある美人ばかりで恐縮してしまったけれど、皆、理生のことは歓迎してくれた。

この家に慣れるのは大変そうだけれど、なんとかやっていくことができそうだ。

（ドラマで見るようなお金持ちって、実際にはいないのかもね）

テレビで見かける大金持ちの裏側はどろどろとしているけれど、現実にはそんな問題は発生しないのだろう。陰でやり合うよりも、先に片づけなければならないことがきっとあるはず。

廊下の窓は大きく取られていて、庭を見られるようになっている。そのまま、廊下から直接庭に出ることもできそうだ。

庭には大きな池がある。きっと鯉が泳いでいるのだろうけれど、今の時期は、水底でじっとしているだろうか。

池の側（そば）に咲いているのはロウバイだろうか。それから、山茶花（サザンカ）——椿、かも。花にはあまり詳しくないけれど、美しく手入れされているのはわかる。

じっと外の景色を眺（なが）めていたら、背後に人の立つ気配がした。

「あ、明けましておめでとうございます。それから、お久しぶりです」

振り返ったら、そこに立っていたのは晃誠だった。理生はぺこりと頭を下げる。晃誠は面白くなさそうな顔をして、じっと理生を見ていた。

（私、何かしたっけ……？）

ここ最近、晃誠の機嫌をそこねるような真似をした記憶はないのだけれど。

「君は、君が選んだ相手が後継者になると知っていたか？」

「……え？」

思わずぶしつけな声が漏（も）れてしまったけれど、それはしかたのないことだと思う。理生の選んだ相手が後継者って、どういうことだ。

眉間に皺を寄せたら、相手は嘆かわしいと言いたそうにため息をついた。

「その様子じゃ、大智は何も言わなかったんだな」

「何もって、どういうことでしょう」

「伯父が言ったんだ。君が選んだ者を後継者にすると」

「聞いてませんよ、そんな話。だいたい、なんで私なんですか。変でしょう、そんなの」

三橋と理生の間に、特別な関係があったというのならわからなくもない。だが、彼との関係は、あくまでも店に限定したもの。

先ほど後継者をこれから決めると言っていたのだから、晃誠の話は、いろいろと間違っている。

「いや、伯父はたしかにそう言った。俺達三人を集めて——本気じゃないと思っていたんだけどな」

理生を歓迎している三橋の様子を見て、本気だったのだと思ったそうだ。

「大智から聞いていなかったというのが、その証拠だろう？　あいつは、君を愛してなんかない」

ざわり。晃誠の言葉を聞いてはいけないと思うのに、胸がざわざわとした。

そう、最初からわかっていた。理生と大智は釣り合っていないって。だから、彼に気持ちを向けてもいいものかと迷っていた。

結婚式を後回しにしたのも、今、晃誠から聞いた話が関わっているのだとしたら。

グシャリ、と胸の中で何かが崩れ落ちたような気がした。今まで、理生が見て見ぬふりをしてきた何か。

(……たしかにつじつまが合うと言えば、合うのよね)

三橋に連れられて店に来たことはあっても、理生に特別な感情を持っているようには見えなかった。その大智が、急に理生に興味を持っているようにふるまったのは。

(三橋の後継者の地位が欲しかったのだとしたら——)

納得できなくはない。

悲しいことではあるけれど、いつの間にか理生に恋していたというよりは、圧倒的に説得力があるように思えた。

「でも、私は聞いていませんから」

晃誠の前で、精一杯の虚勢(きょせい)を張る。

(だって、さっき菜津さんに言ったじゃない)

理生が手伝えることがあるのなら、なんだって手伝う。菜津にそう言ってしまったのだ。今さら、晃誠の言葉にうろたえている場合ではない。

理生はそっと顔を背ける。晃誠が唇を引き結んだのは、見なかったことにした。

◆　◆　◆

スーパーに立ち寄ったら、正月飾りはもう撤去されていた。季節がどんどん先取りされているような気がする。

代わりに、特設コーナーに並ぶのは、節分の豆と、大きくスペースを取られたバレンタインのチョコレート。ハンカチやベルトも一緒に並んでいるのは、チョコレートだけでは物足りないという人向けか。

（そういえば、そんなイベントもあったな）

友人達とチョコレートを交換したのは去年のこと。「たまたまイベント行ったから」という理由で、ちょっとお高めのチョコレートを互いに持参した。

大智と交際を始めたのは夏になる前だったし、すぐに結婚して、一緒に住むようになった。彼と共にバレンタインデーを過ごすのは初めてだ。

（チョコレート、渡したらどんな顔、するんだろう）

甘いものは嫌いではない。むしろ好きな方なのは知っている。

一緒に食事に行った時、たいていどこかもう一軒、甘いものが食べられるところに寄るか、帰宅途中で買うからだ。

時々、仕事の帰りにスイーツをお土産に買ってくることもある。

チョコレートを渡したら、きっと喜んでくれるはず。

「――だけど、な」

つい、口から零れ出た。

このところ、彼の顔を真正面から見ることができていない。

いつもと変わらない生活を心がけているつもりだけれど、ぎくしゃくしてはいないだろうか。

（……家格とか、そういうことあまり考えていなかったっていうのもあるし）

最初のうちは、結婚を反対されるのではないかとか心配していたけれど、大智の両親は理生を歓迎してくれたので、あまり気にしていなかった。

理生と結婚したら三橋の跡継ぎになれる――なんて、悪い冗談だ。理生には何も知らせずに、そんな話が出るなんてありえない。

（うん、今度にしよう）

大智の顔を見られないのは、理生が疑念を持っているから。大智と理生の間にある違いを考えたら、どうしたって嫌な想像が膨れ上がってしまう。

今日は、店でも皿を割ってしまうという失敗をした。そりゃ、皿は割れるものと相場が決まっているけれど、割ったら割ったで落ち込んでしまう。

「今日はもう帰りなさい。あんたがいても邪魔になるだけだから。あ、ポテトサラダ持っていきなさい」

「……うん。ごめんね。ポテトサラダありがとう」

幸いなことに、今日は客足も鈍かった。いつもより三十分早く上がらせてもらうことになる。

（駄目だな、もう……）

理生がこんな風に考え込んでいたら、家族にだっていらない心配をさせてしまうことになるのに。

大智は今晩は家で食事をすると言っていたけれど、帰ってから何を作ろう。

帰り際に買い物もしないといけない。今日は、午前中のうちに買い物をするのを忘れてしまった。

（……あ）

気が付いたら、スマートフォンが振動している。

取り出してみれば、ディスプレイに表示されているのは大智の名前。慌てて、通話ボタンを押す。

「……あの、何か」

「いや、早く帰ってこられたから。俺が夕食作ろうと思って」

「え？」

いつもより三十分早く上がったのに、大智の方が先に帰宅しているなんて、想定外だった。

今日は遅くなるって言っていたのに。

「……理生？」

彼の声が、ずいぶん遠くから聞こえる気がした。

（私、何やってるんだろ）

大智だって、外で仕事をしてから帰ってきて、食事の支度なんて面倒なこともあるはず。けれど、聞こえてくる声は、いつもと変わらなかった。疲れなんて、まったく感じさせない穏やかで優しい声。

「あ、ごめんなさい。ちょっと外がざわざわしてて。母からポテトサラダもらったんですよー」

「いいね」

電話越しの声。あと十分もしないうちに彼の顔が見られるはずなのに。スマートフォン越しの会話が妙にくすぐったい。

「今日は寒いから、鍋にした」

「いいですね！　じゃあ、急いで帰ります」

家事をやらせてしまったというのはちょっと申し訳ないけれど、大丈夫。もう少ししたら、ちゃんと笑って彼の顔を見ることができる。

よいしょ、と荷物を抱え直して、足を速めた。

第八章　ハッピーエンドは自分でつかみますが、なにか？

千佳に会うのも久しぶりだった。

二人で休みを合わせて、チョコレートの催事場を回る。今日買ったのは、自分用である。

普段は日本に出店していないショコラティエのチョコレートを手に入れるには、こういう機会を狙うのがいい。千佳も夫に渡す分の他に自分用をいくつか買ったようだ。

三つのイベントを梯子して、お茶でもしようかとカフェに入ったのは、午後三時を回った頃合いだった。

「なんだか浮かない顔をしているみたいに見えるんだけど」

「……そう？」

千佳の前では、自分の気持ちを隠そうとしても無駄なのはよくわかっている。だてに子供の頃から付き合っているわけではない。

逆に、千佳の気持ちもよくわかるけれど。

「あー、おいし。さて、悩みがあるなら言ってみたら？　ちなみに、あなたが話してくれたあとは、私が愚痴（ぐち）をこぼす予定だからよろしく」

「そこ予定なの？」

注文したココアを一口すすった千佳は、満足そうな顔をしている。たぶん、大いに愚痴をこぼすつもりなのだろうけれど、半分は惚気（のろけ）だ。

「ほら、全部吐（は）いちゃえば？」

やはり、千佳にはかないそうもない。

自分の前に運ばれてきたカフェラテを口にしてから、こわごわと結婚にいたる経緯から、正月、三橋（みはし）家での出来事までを語った。

「馬鹿みたいな話ね？」

「千佳なら、そう言うと思ってた。私も馬鹿（ばか）みたいな話だって思うし」

三人引き連れての求婚もそうだけれど、それに乗ってしまった理生（りお）も理生だ。

だからといって、大智の気持ちが嘘（うそ）だと思っているわけでもない。むぅと唇を引き結ぶと、自然と視線が左手薬指に落ちた。

（……信じてないわけじゃない）

目覚めた時、枕元に置かれていた箱にたしかに理生の胸は高鳴った。

置かれていたのが指輪じゃなくて、カードだけだったとしても同じようにドキドキした。愛されているのは、ちゃんとわかっているのだ。

「そんな面白いことになっていたなんて知らなかった」

「面白いって」

「ほらほら、続き続き」

たしかに傍観者として見れば、今の理生の立場は面白いのかもしれない。

千佳に促されるままに続きを話す。

大智とのメッセージのやり取り。知哉（ともや）や、晃誠（こうせい）に言われたことまで白状してしまった時には、自分が何をすべきなのかも半分見えていた。

「そんなの、聞くしかないわよねー。あなたの旦那さんが何を考えているのかなんて、彼にしかわからないんだろうし」

「私もそう思う。あんまりくよくよ考え込むってことも今までなかったし……たずねてみれば、すぐに解決するのもわかるんだけど」

悩みがなさそうと常連客に言われるのが唯一の悩みだと思っていたけれど、今まではたしかにすぐに解決するような悩みしかなかったかもしれない。

「ちゃんと大智さんと話をしてみる」

「そうね。でも、彼の愛情を疑ってるわけじゃないんでしょう？」

「当たり前じゃない！」

千佳の発言に、思わず大きな声が出た。

というか、理生の気持ちが、彼が理生に向けてくれる気持ちに追いついていないのではないかと不安になっていたほどだ。

晃誠の言葉に一瞬ぐらつきはしたが、大智からの愛情を疑っているわけではない。

（たずねる勇気が持てないのは、私が悪いわけだし）

ちらり、と再び左手を見下ろしてみる。そこにはめられているのは、結婚指輪と重ね付けできるように作られた指輪。

婚約指輪の代わり――という役割も持たせているそうだ。

きらりと輝くダイヤモンドの光が、理生を勇気づけてくれるような気がする。

「旦那さんが、本当に後継者狙いで結婚してたらどうするの？」

「釣った魚に餌をやってないならともかく、十分以上にしてもらってるし、何も変わらない気がする。帰ったら、大智さんと話をしてみる」

求婚の一番大きな理由がそこにあったとしても、今の理生にとっては問題ではない。

それがなんだというのだ。出会いがちょっと特殊だっただけ。

「そうしなさいな。じゃあ、次は私の愚痴だけど」

「聞く。聞くだけでいいんでしょ？」

「愚痴だからね。聞いてくれるだけでいい」

千佳の愚痴は、それから一時間にわたって続いた。千佳の結婚相手は、中学時代から交際していた相手だ。理生もよく知っている相手だし、気心も知れている。

「……そういうわけで、私も思ってなかった苦労をしてるってわけ」

「付き合っているのと結婚するのって、まったく違うわけね」

十年以上交際しての結婚だから、すれ違いなんて存在しないものだと思っていた。

互いの家族とも、仲良くしているという話は聞いていたし、大学生だった頃には両家の家族で旅行に行ったという話も聞いている。

それでも、すれ違いというものは、発生してしまうらしい。

「理生だって自分で経験してるでしょうに」

「私は、交際期間が長かったわけじゃないから。今だって、手探りでやってるところだし」

最初はメッセージの交換から。あっという間に交際に発展し、結婚するまでもあっという間だった。

いざ同居してから知ることも多く、どうやったら二人とも心地よく生活できるのか、今探っているところでもある。

「聞いてくれただけありがたいわ……そろそろ帰らなくちゃ」

「そうだね。私も帰ろう——あれ？」

スマートフォンに、実家から連絡が入っている。

千佳に断ってメッセージを開いてみたら、主に夜を担当しているアルバイトの学生が交通事故に遭ってしまったらしい。復帰には一か月ほどかかるらしく、その間、手伝いに来られないかという相談だった。

（一か月ぐらいなら大丈夫かな……？）

実家が困っているのなら、できる限りの手助けはしたい。

「困ったこと？」

「ううん、実家から。手伝いに来られないかって」

千佳にはそう返し、大智に相談しようと決める。

その場で大智にメッセージを送っておいて、ひとまず実家に向かうことにした。

ようやく仕事が落ち着いたのは、一月も終わりになろうかという頃合いだった。

一つ気になることがある。

理生との距離が、なんとなく開いているような——気のせいだろうか。

いや、逆か。以前よりいっそう大智との距離を詰めようとしてくれている気配を感じる。それが幾分、理生にとっては無理をしているのではないかと思うような詰めかたなだけで。

たとえば、以前は朝が苦手で起きられなかったのに、今は大智と一緒に起きて見送ってくれる。大智に時間を合わせてくれている様子なのだ。

「勤務時間を昼だけにしてもらったので、問題ないですよ。この方が調子がいいし」

とは、理生の弁。

たしかに毎朝一緒に朝食を食べて、見送ってもらえるのは嬉しいが、無理をさせていないかが心配だ。

「急に呼び出して悪かったね」

「いえ、大丈夫です」

今日は、休みを取って伯父の家を訪れている。理生は昼過ぎから仕事だそうだ。

余計な心配をさせたくなくて、理生には仕事だと言って出てきた。

「理生ちゃん、元気にしてる？」

「元気ですよ」

近頃は自宅で仕事をしていることも多い伯父は、満足そうにソファに背中を預けた。

「理生と結婚した人を後継者にするという話、本気なんですか？」

「まあねえ。君達にいい影響があればって思ってたけど」

伯父が、浮かない顔になる。おそらく菜津（なつ）からも絞られたのだろう。

「君達、三人とも有望だけど、決め手にかけるんだよね。それぞれが優秀すぎて」

「……でも、理生を巻き込むのは違うとは思いませんか？」

理生のことも大切なのだろうが、伯父にとっては亡き親友との繋（つな）がりを保つ方が大事なようだ。

親友の孫と自分の甥を結婚させたかったという気持ちは理解できなくもないが、そこに跡取りだのなんだのと絡んでくるのは違う気がする。

「――じゃあ、候補から降りる？」

「かまいませんよ。理生を巻き込まないでくれるのなら」

一つ、反省しなければならない点が大智にもある。それは、この件を理生には話していないこと。

（……白状したら、なんて言われるんだろうな）

伯父の後継者選びと、理生と三人を引き合わせたことに繋がりがあると白状したら、理生に呆(あき)れられるかもしれない。

——でも。

後継者だなんてはなからどうでもいい。

今、大切なのは理生なのだ。

理生なら、きっとわかってくれるような気もする。

理生が仕事の時間を増やして、一週間が過ぎようとしていた。

（夫婦の会話って、こういうところからなくなっていくのかも……！）

夜遅くなった分、また朝起きられなくなった。しばらくの間は、ちゃんと見送ることができていたのに。

朝食を作ってくれる大智に申し訳ないと思いつつ、彼が出かける頃合いに重い身体を引きずって起きる。なんとか見送りだけすませてから、リビングでソファに倒れこむ。始動開始はそこから一時間以上たってからということも多い。

実家では長時間働くこともあったから大丈夫だと思っていたけれど、以前は通勤時間というものが存在していなかった。

「理生、無理はしないように。見送りも、そんなに頑張らなくていいんだから」

大智が出かけようとしている物音に気づいて、慌てて玄関へと向かう。

すっぴんだし、髪はぼさぼさだし、こんな姿で見送りされたくないかもしれないけれど、せめて挨拶(あいさつ)ぐらいはしておかなければ。

二人の距離が、ますます遠くなってしまうような気がしてならない。

「私が、お見送りしたいの。大智さんのお見送りをしなくなったら……顔を見ることもできないでしょう?」

十二月に入ってからのことを思い出す。

あの頃は、大智も家を出るのがいつも以上に早かった。顔を見ることもろくに会話をすることもなかった。

あんな風になってしまうのは、よくないと思うのだ。大智と話をしたいと思いながらも、切り出せないものを抱えている今は特に強くそう思う。

「見送りをしてもらえるのは嬉しいけど、無理をしてほしくないだけ」

「無理はしません。大丈夫」

大智の手が、寝ぐせのついている髪をそっと撫でる。頬にちゅっとキスをしてから、彼は行ってしまった。

彼の唇が触れた頬が、ちょっと熱い気がする。

(あれから、話をすることもできてないんだよね……)

大智に話をすると決めたものの、互いに忙しく、その時間を取れないでいた。

正月に晃誠から言われたことは、今も理生の心のどこかにくすぶっている。

けれど、時間薬というのはこういう時にも効くようで、話を聞かされたばかりの頃のようなショックは完全に抜け落ちていた。

(……来月にはお互いの仕事も落ち着くはずだし)

バレンタインの頃には、休んでいる学生も戻ってきてくれることになっている。最初のうちは様子を見ながらになるだろうけれど、落ち着いたら大智と話をすればいい。

大智を見送ってから、家事をばたばたと片づけ、夕方になる前に実家へと仕事に向かう。

「……いらっしゃいませ、こちらのテーブルにどうぞ!」

やっぱり、こうやって働くのは嫌いじゃない。この店の雰囲気が好きなのだ。

Tシャツにエプロン、髪は首の後ろで一本に束ねて。集まってきた人達が、料理とお酒を堪能し、笑顔になり、時にはお土産を抱えて帰っていく。

（……でも、仕事のしかたも変わるんだろうな）

年末の時期だったり、今回の夜の営業の手伝いだったりで痛感した。

今のような働き方を続けるのは無理。働き方を変えなければ、きっとパンクしてしまう。

「三橋（みはし）さん！　いらっしゃいませ」

ちょっと声が沈んだのは、店に入ってきたのが三橋と晃誠の二人だったからだ。三橋が来ると聞いていたけれど、連れが晃誠だとは思わなかった。

（小上がりを使うってことは、何か真剣な話なのかな？）

三橋が小上がりを使う時は、部下の相談に乗っていることが多い。もしかしたら、晃誠から何か相談があるのかもしれない。

注文された料理や飲み物を運んでからは、小上がりの様子は気にしないようにする。なにしろ、今夜も満員だ。理生がきりきり働かなくては、店が回らなくなってしまう。

晃誠が理生を呼び止めたのは、三橋と来店してから一時間ほどが過ぎたあとのことだった。相談は終わったのか、三橋はカウンターにいる常連客と何やら話し込んでいる。

「まだ、この店で働いているのか」

「実家ですから。手が足りなければ、手伝うぐらいはしますよ？」

空になった器を下げてほしいと頼まれて小上がりに顔を見せたら、不意にそんなことを言われて、眉間に皺を寄せそうになった。

「大智が後継者になったら、すぐに捨てられるだろうな」

「私、これから、ものすごく失礼なことを言います」

なんで、大智との夫婦関係に、他人から口を挟まれなければならないのだ。

万が一捨てられたとしても、それは理生が自分の人生を自分で選んだ結果であって、晃誠には関係ないだろうに。

「私が大智さんを好きになったのは、三橋がどうとか後継者がどうとか、そんなの関係ないです。気が付いたら、好きになっていて、この人と人生を共にしたいと思ったんだし」

最初のうちは戸惑いの方が大きかった。大智とは釣り合わないと思ったし、不安になったこともあった。

知哉から玉の輿だなんて言われたり、菜津に警戒されたり、晃誠からは予想もしていなかった話を聞かされたりで、混乱したことがなかったとは言わないけれど、大智は晃誠が言っているような人ではないことぐらいちゃんとわかっている。

「出会い方は問題だったかもしれませんけど、大智さんは私を大切にしてくれるし、私も大切にしたいと思っています。後継者になるとかならないとか、そんなのどうでもいいんです」

正直に白状すれば、大智が後継者になったら理生の人生は、今以上に大きく変わることになるだろう。でも、それでいいと思った。

大切に育ててもらった家を離れ、新しい世界に足を踏み出す。思ってもいなかった世間の広さに驚かされることも多い。

「……不幸になったら？」

「関係ないと思います。幸せになれるかどうかは、これから先何年もかけて実証していくものだと思っているので。あと、幸せは自分で掴みにいくから大丈夫です」

今のところ、大智との生活は大いに幸せだ。そして、その幸せが続くように全力で努力するつもりでいる。

（求婚してくれたのが、三橋さんだっていうのが問題な気もするんだけど）

なにしろ、「お嫁に来ちゃう？」で、三橋は理生と二人を引き合わせた。

大智からはきちんとしたプロポーズはされていないけれど、それの何が問題だというのだ。

今は幸せに暮らしているのだから、横から余計な口を突っ込まないでほしい。

「――理生」

一息に言い切ったところで、背後から大智の声がする。

まさか、今、この場に大智がいるとは思っていなかったので、理生はぎょっとしてしまった。

振り返れば、こちらを見つめている大智と真正面から目線が合う。

「……こ、こんばんは？」

「その挨拶が正解かどうか、俺も迷っている」

真面目（まじめ）な顔をしてそんなことを言い出すものだから、思わず吹き出してしまった。

「なんだあ、大智。遅かったじゃないか。理生ちゃん、大智の分も飲み物をお願いできる？」

「かしこまりました！」

他の客と話し込んでいた三橋が、小上がりに戻ってきた。今、理生と晃誠が交わしていた会話は、彼の耳には届いていないようだ。

（……きっと、これから大変な話し合いをするんだろうな）

大智の分の飲み物を用意しながら、ちらりと小上がりの方をうかがうけれど、大智が入った時に、境目のふすまを閉めてしまっていた。

どうやら、理生には聞かせたくない話をするらしい。


理生が店を出たのは、閉店作業を終えた後だった。

そろそろ日付が変わろうとしている。

今日は終電には間に合いそうにないから、タクシーを使って戻るしかない。こういう時、実家に住んでいれば楽だったのに。

「――理生」

「待っててくれたの？」

着替えを終えて外に出てきたら、ガードレールに持たれるようにして待っていた大智が手を上げた。三橋と晃誠は、もう帰ったらしい。

「遅い時間に、理生を一人で帰らせるはずはないだろう」

「……嬉しい」

そんな素直な言葉が口から出る。大智と並んで歩くのも、ここしばらくなかった気がする。

当たり前のように握られた手が温かい。

「話がある」

「私もあるの」

正月、晃誠の口から聞かされた結婚の経緯。それが、本当だったとしても覚悟はできている。

この人と歩いていくと決めたのだから。

「歩こうか」

「うん」

こうやって、大智と並んで歩くのも久しぶりだな、と思う。

「……なんだか、解決しちゃったような気もするんだけど」

最初に話を切り出したのは理生だった。さっさと口を開かなかったら、話を切り出す勇気も持てなくなるような気がして。

「お正月に三橋さんの家に行った時に晃誠さんに言われたの。私と結婚した人が後継者になるって」

「あー」

「三橋さんにはずいぶん可愛がってもらったけど……まさか、そんな話になっているなんて思ってもなかった」

「ごめん」

理生の手を握っている大智の手にきゅっと力がこもる。理生もまた力を入れて握り返した。

「——でも、嬉しかった。理生が、自分の幸せは、自分で掴むって言ったのがすごく印象的だった」

「嘘はついてないし」

結婚までは、流されてしまったような気もするし、結婚後は不安に揺らぐ日もあったけれど。

彼との日々が重なれば重なるほど幸せだと思った。

足元がぐらつくというのなら、自力で幸せを掴めばいい。

「俺からも話していい？」

「どうぞ」

理生はこくりとうなずいた。

「伯父さんが俺達を店に連れて行った時のことを覚えている？」

「どの子にしちゃう？　って聞かれた時のこと？」

あの時のことを思い出すと、今でもおかしくなってきてしまう。理生に選ぶ権利なんてないのに。

「俺は、あの時より前から、理生のことをいいなと思ってたんだ」

「え、そうなの？」

ぶしつけな声を上げてしまっても、許してもらいたいものだ。

だって、大智はそれまでの間、そんな気配はまるで感じさせなかった。

三橋に連れられず、大智一人でも来るようになったのは、理生とメッセージの交換をするようになってからだったし。

「ただ、どうやって行動に移せばいいのかわからなかった」

「……なるほど」

今までに交際経験皆無ではなかったらしいが、どちらかというと、女性の側から交際を申し込まれ、そしてふられるのがパターンだったらしい。

大智の外見も財力も魅力的だろうけれど、それだけでは続かなかったようだ。

（……というか、あまり表情が動かないし）

今になってみれば、理生も彼が何を考えているのかある程度読めるようになってきたけれど、最初のうちは「怒らせてしまったのかな」とか、「もしかしてつまらない？」なんて思うことも多かった。

深く知り合ってみれば、表情が動かない割にわかりやすいと思うようになったけれど、たぶん万人に該当するわけではないだろう。

「あの時、伯父さんの行動は俺の背中を押してくれるものでしかなかったんだ」

「私と結婚した人が、三橋の後継者になるって話は、その前ですか？」

「その後だ。晃誠は後継者に興味があったみたいだから、どう出るのか心配になった」

たぶん、そこまでの話ではないと思う。

でもまあ、それで納得した。

しばらく連絡がなかった知哉が、いきなり店に来たのも、正月に晃誠からあんな言葉を投げかけられたのも。

「でも、それって変な話だと思う」

「俺達に対する伯父さんなりの心配だったんだけど、ずれていたのは間違いないな」

一人年齢が若いということもあって、ふらふらと遊びまわっている知哉。女っ気がほとんどない大智に、必要とあらば政略結婚ぐらい軽くやってのけそうな晃誠。

三人とも、幸せな家庭を築くという点では、三橋が物足りなさを覚えてもしかたないのかもしれない。

「道理で、みんな突っかかってくると思った！」

菜津の懸念も、晃誠の嫌味も、知哉が理生を怪しがっていたのもわかる。

「これ、言ってしまってもいいのかな……？　お金持ちの考えることはわからない！」

半分、自棄(やけ)になった発言だ。

いくら祖父と仲良くしていて、父を弟のように可愛がってくれたとはいえ、赤の他人の理生との結婚を後継者の条件にするなんて。

「……でも、俺はそんなの関係ないと思っている。理生のことが好きだと思ったから、結婚した」

なんのことはない。理生の感覚を最初から信じていればよかったのだ。

「好かれているのはわかっていたけど、でも、ちょっと心配にはなったの。もし、後継者目当てで私と結婚したとして――後継者に選ばれなかったらどうなるんだろうって」

千佳と話した時にも思ったけれど、最初からちゃんと聞けばよかった。晃誠の言葉に振り回されたりせず、真正面から聞いたら、大智はちゃんと答えてくれただろう。

「後継者の話は、伯父さんと話をして白紙にしてもらった。だって、おかしいだろ？」

「よかった。それでいいと思う」

「伯父さんとしては、家庭を持って落ち着いている相手に継いでほしいらしいけど」

正月に顔を合わせた時、菜津からは後継者候補は五人くらいいると聞かされた。そのうち特に有力なのが、大智、知哉、晃誠の三人だ、とも。

その三人のうち既婚者は大智だけだ。

「今年のうちに後継者を決めると言っていたけれど、もう少し時間がかかるかもしれないな」

と、大智。知哉は、完璧に後継者争いからは降りるそうだ。というか、もともとさほど興味がなかったらしい。

「忙しくなると、遊びに割く時間が減るって言ってたな」

「それは、らしいというかなんというか。たしかに知哉さん、体力お化けだもんね」

フォトブリスに掲載されている知哉の写真は、あいかわらず謎のエネルギーに満ち溢れている。あれで仕事もやり手なのだそうだから、体力と財力はあるところにはあるものらしい。

「体力お化けって」

その表現に大智が笑う。

晃誠については、何も聞くまい。たぶん、彼には彼の思いがあるのだろうけれど、理生がそれを理解しなければならない謂われはないのだから。

「理生」

理生の名を呼ぶ大智の声が、ものすごく甘い。理生は覚悟して、目を閉じた。

道端でかすめるようにキスされて、それでも幸せだと思ってしまうのだからどうかしている。

途中でタクシーを捕まえ、家まで戻る間も大智は理生の手を放そうとはしなかった。繋がれている手の温かさに、理生も安堵する。

よく考えれば、このところ彼との関係がぎくしゃくしていたのは、理生に大いに問題があるわけで。いや、二人とも相手に問いただすことがないままだったのがよくなかったのだろう。

(言葉にすれば、ちゃんと教えてくれるってわかっていたはずなのに)

大智は、言葉を惜しむタイプではない。それは、自分の表情が豊かではないということを彼がよく理解しているから。理生の方も言葉を惜しむべきではなかったのだ。

タクシーを降りて、エレベーターに乗り込んでからも、二人の手は繋がれたまま。

「んっ……」

エレベーターに乗り込むなり、抱きしめるようにしてキスされた。

ぴったりと唇を合わされ、舌の合わせ目から強引に舌が入り込んでくる。二人を繋げる唇と舌から伝わる感覚に、思考が支配されそうになる。

「ちょっと、待って……！」

足元から焦燥感がせりあがってくる。

慌てて唇を離し、大智の胸に手をついた。このエレベーターには、防犯カメラがつけられている。エレベーターの中での出来事はすべて記録されているわけで。

「だめだってば……もうっ！」

今度は首筋に口づけられたので、慌てて身を捩（よじ）った。今日の彼は、なんだか変だ。

それを言ってしまえば理生もそうなのだけれど。

身体が、すでにぞくぞくとし始めている。

鍵を開く間も惜しく、二人揃（そろ）ってなだれ込むように玄関に入った。

「んっ……あっ……」

背中を扉に押し付けられる。縦横無尽に舌が口内を這（は）い回り、息を継ぐ間も与えられなかった。キスの激しさに、頭がくらくらしてきて、理生の方からも懸命に舌を差し出す。

コートのボタンが外されて胸元をまさぐられながら、再び唇を奪われる。いつもより荒々しい彼の愛撫（あいぶ）に翻弄（ほんろう）されながらも、必死になって応えた。

「理生」

耳元で囁(ささや)かれた声は掠(かす)れていて。切羽詰まったような響きに、思わず息をつめる。

「冷た……」

裾からキャミソールの内側に潜(もぐ)り込んできたのは、黒い革手袋をはめたままの大智の手。その指先が素肌に触れて、びくりとする。

素手で触れられるのとは違う感触。ぞくりと肌が粟立(あわだ)った。

そのまま脇腹をさすられて、身悶(みもだ)えしたくなる衝動を抑えこむ。とっくに身体からは力が抜けていて、扉に体重を預けてしまっていた。

どうしよう、抵抗できない。このまま流されてもいいと思ってしまう自分がいる。でも、ここで許してしまったら……。

「……あっ」

頭の中でぐずぐずと考え込んでいる間に、背中に手が回される。ぷつりとホックが外された。

「だめ、だってば……」

かろうじて残った理性で抗うものの、背筋を撫(な)でられれば吐息が零(こぼ)れる。

まだ玄関に立ったままなのに、下半身に欲望が渦巻き始めていた。

「でも、もう我慢できない」

切羽詰まった声が耳元で響く。理生もそうだった。彼の愛撫で、もう立っているのもやっと。彼の手がニットをさらに上に引き上げて、下着の上から胸を撫でまわす。

「……寝室、に」

震える声でそう口にした。

そこからあとは、二人転がるようにして靴を脱いだ。理生からコートを奪うようにして、大智がそれをコートハンガーに掛ける。理生の方も、彼のマフラーを引っ張った。大智のコートも、そのまま理生のコートに重なるようにしてかけられた。

寝室が一番玄関に近い位置にあったのを、今日ばかりは感謝したくなった。寝室に続く扉を開くわずかな時間も惜しいなんてどうかしている。

「……ふっ、あっ」

熱烈なキスは、どちらが先にしかけたのかわからない。互いの口内を余すところなく蹂躙しつくし、舌をからめ合う。擦れ合う舌に、じわりと快感がにじみ始める。

もどかしそうに彼は手袋を外し、棚に置いた。スーツの上着がそれに続く。

慣れない手つきで、理生は彼のネクタイを解く。その間に頭からニットが抜かれ、中に着ていたTシャツも奪われた。

気が付いた時には、二人とも何も身に着けない状態で、ベッドに倒れこんでいた。

「あっ、あっ」

シーツに押し倒されると、少しひんやりとした感覚に背筋が震える。脇腹から胸の膨らみへと移動した手が、いつになく性急に乳房を揉みしだく。

「理生」

熱い吐息混じりに名前を呼ばれれば、もうそれだけで身体の力が抜けてしまう。身体の中心がじんと熱くなり、腰を擦りつけたくなる衝動を必死でこらえた。

ゆっくりと大智の顔が下がっていく。胸の膨らみから腹へかけてのなだらかな線を彼の舌が追う。そうしながら脇腹が撫で上げられ、甘ったれたような声が漏れた。

「や、だぁ……！」

腰を持ち上げられ、足の付け根に口づけられる。抵抗したいのに、その感覚が強すぎて身動きが取れない。そのまま腿から膝にかけて彼の舌が這い回る。

「あっ……、んっ」

慌てて手の甲で口を塞ぐと、すぐに手を掴まれる。今度は手のひらに口づけられ、指に舌が這わされ、身体に甘い痺れが走るのを止められない。

理生の方からも手を伸ばした。大智の身体に手を這わせた。

肩から胸、腹部にかけて。大智が切なそうに眉を寄せた。

「理生……」

吐息混じりに理生の名を呼んだ声に、思わず顔を背ける。すると、大智の手が理生の顎を掴んで、無理やり視線を合わせてきた。

いつもは冷静な彼が、欲望に突き動かされていることを物語る目。理生の脚の間に彼の手が滑り込む。

「あっ……あ、やぁっ」

敏感な芽に彼の指が触れる。そこはもうすっかり硬くなって触れられるのを待っていた。

身体が大きく震えるのを止められない。指の腹で軽く撫でられるだけで、熱い吐息が漏れる。

くちゅりと蜜を絡めるように、優しくそこを愛撫される。

一度に二本、中に指を突き立てられて理生は呻いた。内壁を彼の指がなぞる度に、そこが溶けてしまいそうになる。指の動きに合わせて、ぐちゅぐちゅと淫猥な音が響く。

いつの間にか指は三本に増やされ、激しく抽送を繰り返していた。

「やっ……も、だめ……」

何度も達してしまいそうになるのをこらえながら、理生は大智の身体に縋りつく。彼はさらに中をかき回したかと思うと、すっと指を引き抜いた。

「や、あ……」

腰を揺らしながら、潤んだ瞳で彼を見上げる。すると、大智は理生の身体を抱き起こした。

「……そのままで」

理生が仰向けになった彼の身体に跨がるような体勢になる。両手を掴まれて、彼の顔の前に自らの胸を突き出す格好になる。片手で腰を支えられたかと思えば、秘所に昂ぶりが押し当てられた。

「んんんっ！」

唇を噛んで嬌声をこらえようとするけれど、それもかなわず、声を上げてしまった。

大智は最初から容赦しなかった。理生が逃げないように腰を押さえておいて、下から激しく突き上げてくる。

「あっ……あ、あぁ……」

下から突き上げられる度に、抑えきれない声が上がる。身体が揺れる度に、乳房が揺れる。

気持ちいい。

「や、あ、もっと……！」

大智が胸に顔を埋め、敏感な頂に舌を這わせた。まるで飴でも舐めるように、執拗にそこを舐め上げる。口からはひっきりなしに甘い声が零れて。もう何も考えられなくなる。頭の中にあるのは、ただ、快感を貪ることだけ。

「俺も……もう……」

大智が上半身を持ち上げ、あぐらをかいた体勢になった。また、突き上げられる場所が変わって、悲鳴みたいな声が上がる。

「も、無理……！」

そう口にした瞬間、大智がぐっと突き上げた。頭の中が真っ白になる。

「や、あ、あぁぁっ！」

絶頂を迎えた理生の身体がびくびくと震えた。ぐったりと力が抜けて、大智の胸にしなだれかかる。身体が繋がったまま、またベッドに押し倒された。

二人とも、快感の余韻に息が乱れている。

「俺達……もっと話をしないといけないみたいだ」

汗ばんだ理生の額に口づけて、大智はそうつぶやく。

「そうね。もっとたくさん話をしなくちゃ」

理生も微笑んで返す。

たくさん話をしてきたつもりだったけれど、どうやらいろいろ足りていなかったようだ。

でも、今はまだ、この快感の名残に身を委ねていたかった。

エピローグ

昨年はいろいろと慌ただしかったな、と理生は思う。

今日は日曜日。二人揃って朝寝坊してしまったから、遅めの朝食兼早めの昼食を終えたところ。日差しはぽかぽかとしていて、気持ちいい。

「来週は、ウエディングドレスの試着？」

「うん。それと、席もそろそろ決めないと」

「席か。忘れてた」

ソファで二人だらだらする平和な日曜日。

結婚式はどうしようかと思っていたけれど、入籍した日の近くに合わせることにした。仕事もようやく落ち着いてきたところで、これからは結婚式の準備に専念できる。

「そういえば、理生は店をやめてしまってよかったのか？」

「その方がいいと思って。変なすれ違いはしないですむだろうし。それに、子供のこととか、これから考えていきたいし」

両親と話し合い、店はやめることにした。大智との生活時間のずれが、思っていた以上に大きかったのを痛感したから。

店から離れてしまうのは残念な気もするけれど、今一番大切なものはなんなのかと考えたら、答えなんて決まっている。次の仕事はこれから探すつもりだ。

「……あ」

ソファにもたれて、ぺらぺらと雑誌をめくっていた理生は、とあるページに目を留めた。

「そういえば……大智さんからプロポーズ、してもらってなかった。三橋の伯父様には『お嫁に来ちゃう？』って言われたのに」

「――え？」

理生の視線が落ちていたのは、プロポーズの言葉が掲載されたページ。理生の時には、プロポーズなのかどうかよくわからない言葉だったっけ。

（……今が幸せだからいいと言えばいいんだけど）

プロポーズされていないと言っても、もう婚姻届は提出してしまっているし、一緒に暮らしている。今さらだ。

「した」

「していただきました？」

「俺が毎朝味噌汁を作る、と」

「……わあ」

やはりあれがプロポーズだったというわけか。

一緒に暮らそうという誘いなのはわかったけれど、あれがプロポーズだと言われてしまうと、何か違う気もする。

「……別にいいんだけど」

ちょっと理生はむくれた。ちゃんと言葉にしてもらってなくても問題はないのだ。理生がちょっぴりむくれているだけで。

すると、大智はするりとソファから下りた。何をするのかと思っていたら、理生の前に膝をつく。下から見上げられて、理生は目を瞬（またた）かせた。

「……どうしたの？」

「……理生。俺は理生が大切だし、理生と一生一緒にいたいと思っている。だから――どうか、俺と結婚してください」

ソファの前に膝をついて、理生の手を捧げるように握りしめて。こんな風にプロポーズされたら、理生の返事なんて決まっている。

「よろしくお願いします……！」

理生も床に滑り下り、真正面から彼の顔を見つめて承諾の返事をする。

理生の方からキスをしかける。どうやら、二人の間にはもっともっと言葉が必要らしい。

もう一度キスしながら、これから先もっと幸せになる予感に胸がいっぱいになった。

あとがき

ルネッタブックスでは久しぶりの刊行になりました。今回のヒロインは、居酒屋の娘です。

個人的に居酒屋メニューは大好きで、機会があれば食べに行くのですが、このところ通っていたお店がどんどん閉店してしまっているので、そろそろ新規開拓をしないといけないかもしれません。「鳥丸」みたいなお店だとちょっと気後れしてしまいそうですけれども。

作中よく出てきたポテトサラダですが、自分で作ろうと思うと結構大変ですよね。最初の頃は実家のレシピで作っていたのですが、改良を重ねるうちにどんどんレシピが変更になっていき、最終的には完全な別物になりました。最近は、カリカリベーコンを入れて、粗挽き胡椒を効かせるのにはまっています。たぶん、ここからまた変わっていくのでしょう。

今回のカバーイラストは小島きいち先生にご担当いただきました。初々しくも色っぽい二人が最高です！　お忙しいところ、お引き受けくださりありがとうございました。

担当編集者様、今回も大変お世話になりました。今後もどうぞよろしくお願いいたします。

そして、ここまでお付き合いくださった読者の皆様、久しぶりの現代物、楽しんでいただけたら嬉しいです！　ありがとうございました。

ルネッタ🄻ブックス

「お嫁に来ちゃう？」と誘われましたが、求婚してきたのは夫じゃありませんっ⁉

2024年2月25日　第１刷発行 定価はカバーに表示してあります

著　者　宇佐川ゆかり　©YUKARI USAGAWA 2024
発行人　鈴木幸辰
発行所　株式会社ハーパーコリンズ・ジャパン
東京都千代田区大手町 1-5-1
04-2951-2000（注文）
0570-008091　（読者サービス係）
印刷・製本　中央精版印刷株式会社

Printed in Japan ©K.K.HarperCollins Japan 2024
ISBN978-4-596-53577-1

※この作品はフィクションであり、実在の人物・団体・事件等とは関係ありません。